잃어버린 계절

잃어버린 계절

안미쁜아기 중편소설

동행출판

헌사

그녀가 살아낸 날들에 대하여

"야야, 네가 쓴 모자, 나도 하나 사 줄래?"
그러겠다고 대답은 해 놓고
어찌하다 지난 겨울이 지나갔습니다.
어쩌면 제가 쓰는 모자를 사 드린다고 한들,
시골 할머니가 베레모를 쓰실 일은 없을 것이라고
가벼이 생각한 탓이지요.
지난 칠월, 어머니의 간청이 기억나서
여름용 연보라색 모자를 사 들고 고향에 갔었지요.
"어머니, 겨울 모자는 다음에 가지고 올게요."
그 사이에 모자에 대한 흥미를 잃으셨는지
어머니는 별 말씀이 없으셨습니다.

모자가 마음에 들지 않으셨거나
겨울 모자가 아니어서 그랬거나
약속이 더디 지켜진 게 심통이 나셨거나
그런 줄로만 치부했는데
아! 기회란 얼마나 찰나이던가요.
둘째 며느리의 모자는 기다지 않으시고
가을이 오는 길목에서 홀연히 떠나셨습니다.
어머니는 머나먼 여행을 떠나게 될 것을
이미 알고 계셨던 것은 아니었는지요.

1950년 열여덟, 어머니가 혼례를 치른 그해 겨울,
청천벽력 같은 친정 가족들의 죽음을 전해 듣고
해리성 기억상실이 온 것입니다.
잔인했던 그때의 기억은 깊숙이 감춰져
어머니의 아픔을 아는 사람이 없었습니다.
아주 우연히 시작된 하나의 질문이 어머니의 기억을
퍼즐 맞추듯 찾아가는 기억 탐험이 되었지요.

저는 어머니의 이야기를 준비하기 위해
자료를 수집하고 취재를 했습니다.

어머니가 살아낸 시대는 누구에게나 참혹했던
아픈 시절이었습니다.
그런 어머니의 기억을 되짚는 일은
생채기 난 살을 헤집는 것처럼 저에게도 아팠습니다.
그렇게 초고가 나올 즈음,
구순 생신 선물로 글을 지어드리겠다는 약속은
미완인데 먼길을 떠나셨습니다.
어머니와의 약속을 지키기 위해
꽁꽁 숨겨져 있던 기억의 조각들을 이어 붙여
서툰 솜씨로 글을 지었습니다.
저는 어머니가 꽃을 좋아하시는 줄 처음 알았습니다.
진달래꽃 대신 어머니 고향에서 볼 수 있는
국화꽃 같은 이미지를 입혀 책을 꾸몄습니다.

이 땅에서 불편한 이름으로 불리는 **시·어·머·니!**
하지만 33년 반, 어머니가 품어 주셨던 인내 덕분에
덜 여물었던 며느리는 이제 조금 빚어진 듯 한데
어머니는 곁에 안 계시는군요.
울보였던 울 엄니한테 이 책을 드립니다.

2019년 11월 안미쁜아기

헌사

잃어버린 계절

- 차례 -

화관을 쓴 신부의 눈물

새벽녘에 잠시 흩뿌리던 비는 말끔히 개었지만 하늘을 가리운 잿빛 안개구름은 쉬이 물러서지 않고 있다.

봄물 들어오는데도 꿋꿋이 버티고 있던 동백꽃이 지난밤 사이에 맥없이 뚝뚝 지고 말았다. 샘 언저리에 흩어진 붉은 꽃송이들. 제 몸의 것들을 다 떨구어낸 동백을 안쓰러운 눈길로 바라보던 수동댁,

"맵디매운 바람은 네가 견뎌냈구나. 그래 잘 가거라."

수동댁은 지그시 눈을 감아 내렸다……

마당 가운데는 술을 매달고 화려하게 채색한 가마가 놓여 있다. 신행 떠나는 신부의 꽃가마이다. 한 쌍의 기러기처럼 금슬 좋은 부부로 해로 하기를 기원하는 그림과

딸아들 많이 낳아 다복하게 살기를 바라는 그림들로 한 껏 꾸며졌다. 가마 바닥에는 숯과 목화씨를 뿌려두었고 그 위에 신부가 앉을 꽃자수 방석을 깔았다. 가마 한쪽 구석에는 생뚱맞아 보이는 요강이 있어 신부의 신행길이 멀다는 것을 짐작케 한다.

안방에서는 이양댁과 동복댁이 신부의 치장을 돕느라 사뭇 긴장된 모습으로 분주했다. 신부의 쪽진 머리를 흐트러뜨리지 않게 조심히 손질하며 다홍치마와 연두삼회장저고리를 입혔다. 이양댁이 방바닥에 시선을 고정하고 있는 신부의 턱을 살짝 치켜 올리자, 이를 바라보고 있던 아낙들의 입에서 감탄이 터져 나왔다.

"어매, 이쁜 거! 참말로 이쁘다잉!"

"하늘에서 금방 내려온 선녀 맹키로 이쁘네."

순임이의 연두 삼회장저고리는 그녀의 복숭아빛 발그레한 볼과 하얀 피부를 더욱 돋보이게 하였다. 웃음기를 띤 낯빛이지만 짐짓 근엄한 표정의 이양댁, 신부에게 초록원삼을 입히는 섬세한 손놀림이 더욱 빨라진다.

본래 왕가의 공주들이 입던 초록원삼은 이후 서민층의 신부 혼례에 허용되었던 바라, 일생에 단 한 번 화려함을 만끽할 수 있는 것은 혼례를 치를 때이다. 연지곤지를 찍고 앞댕기는 쪽진 비녀에 감아 앞으로 늘어뜨렸다. 검정 비단에 자수를 놓아, 그 위에 칠보를 입혀 은은하면서도 멋을 뽐내는 도투락댕기를 손에 든 이양댁이 물끄러미 쳐다보더니, 이내 화관에 맞춰 붙이고는 뒤로 길게 내려 신부의 신행 옷차림을 마무리 지었다.

"어매, 어매, 어쩜 요로케 이쁘다요."

"아까워서 어찌 보낸다여. 어쪄."

자신들도 한 때는 아름다웠던 신부였던 시절이 있었다. 그 시절이 못내 그리웠는지 방안에 있던 아낙들이 연신 탄성을 내지른다.

"요로코롬 이쁜 막내딸을 보내 놓고 울 성님은 어찌 산다요?"

금방이라도 울음을 터뜨릴 것 같은 신부 앞에서 입방정을 떠는 아낙들을 향해 눈을 한 번 흘겨주고는, 이양댁이 안방문을 활짝 열었다.

김생원댁 손녀딸 신행을 보려고 몰려든 동네 사람들이 대문 밖까지 길게 늘어 서 있다. 마침내 꽃단장을 마친 신부가 얼굴을 드러내었다.

"아이고, 이뻐라."

구경꾼들 사이에서도 일제히 탄성이 터졌다. 화려한 화관을 쓰고 초록원삼을 입은 신부의 아름다운 자태는 사람들의 시선을 단숨에 사로잡았다.

"김생원댁 혼사는 뭐신가 달라도 다르요잉."

"보기에도 아까운 막내 손녀딸인디, 시집을 가뿌네."

"금메 말이여. 김이장보다 수동댁이 걱정일세. 쟈를 보내고 어찌 버틸랑가 모르것네."

마당에 있던 사람들은 안방마루를 내려와 댓돌 위에 사뿐히 발을 내딛는 신부에 대한 감탄을 쏟아내면서도 혼례를 치른 뒤, 수동댁이 몸져누울까 걱정이 앞선다.

이양댁과 수모역할을 맡은 동복댁이 신부에게 바싹 몸을 붙이고 섰다. 긴장한 신부가 휘청거리지 않도록 어깨와 팔을 붙들어 조심스레 가마에 태웠다. 신부가 가마에 오르자, 가마꾼들은 가마채를 잡기 위해 네 귀퉁이에 섰다.

어느새 묵직했던 안개구름은 걷히고 어슴푸레한 구름 사이를 비집고 나온 햇살이 몸을 길게 뻗어 내리더니, 마당을 가로질러 꽃가마를 에워싸듯 부드럽게 비추었다.

누군가 가마를 향해 작은 목소리로 속삭였다.

"저그…… 신부 치맛자락이 덜 들어갔소."

가마 문 가장자리에 걸려 있는 치마 끝을 살포시 잡아
끌어 들이자 가마 안으로 다소곳이 미끄러져 들어간다.
이윽고 열여덟 아리따운 신부, 순임이 탄 꽃가마의 문이
닫혔다.

하얀 행주치마로 입을 틀어막고 간신히 버티고 있던
수동댁이 넘어질 듯 휘청댄다.

가마 틈새로 수동댁이 시야에서 점점 멀어졌다. 좁은
가마에 홀로 남은 순임은 꾹 눌러 참고 있던 울음을 터뜨
리고 말았다.

"엄마……"

아무런 연고 없는 타향으로 시집을 가는 심정을 무슨
말로도 표현할 수가 없다. 오늘 이 대문을 나서면 언제쯤
고향집에 발을 다시 딛을 수 있으려나! 며칠만 지나면 온
다던, 새끼손가락 걸어 약속한 언니들의 다짐도 지켜지
지 않았다.

'엄마'를 몇 번이고 부르다 이내 속울음이 복받쳐 오른
다. 울음을 참느라 손으로 얼굴을 감출수록 눈물에 씻긴
연지곤지가 순임이 볼을 타고 흘러내린다. 출가외인이
된 어린 신부의 퍼런 슬픔이 붉게 흘러내리고 있다.

수동댁의 마른 젖가슴을 만져야만 잠이 들던 막내딸, 순임을 보내고 하루하루 어떻게 살아갈지…… 자식이라도 유난히 정을 떼기 힘든 자식이 있는가 보다.

철모르는 막내딸의 시집살이를 상상만 해도 억장이 무너진다. 차라리 길쌈을 제대로 가르쳐 보낼 걸 그랬나? 하는 후회가 밀려온다. 가장 행복해야 할 결혼생활, 그런데 시집살이가 여자에게 오죽 모질던가!

수동댁은 소문나게 일을 잘했다. 하지만 일을 잘하는 만큼 몸이 고달팠다. 순임이를 가르치지 않고 뭉그적인 사이에 시집을 보내게 되었다. 제발 호된 시집살이 대신 귀여움을 받으며 잘 살아주길, 간절한 수동댁의 바람이었다.

신부를 태운 가마가 마을 어귀를 빠져나갔다는 말을 듣자, 수동댁이 그제야 목 놓아 울음을 터뜨렸다.

"아이고, 내 새끼! 아이고, 내 새끼!"

수동댁을 붙들고 있던 길순이도 앞고름을 치켜 올려 연신 눈물을 닦는다. 길순이의 치맛단에 매달려 있던 여섯 살배기 상수가 눈앞에서 사라진 꽃가마를 쫓아 갑자기 내달렸다.

"막둥이 고모, 꼭 한 밤만 자고 와아."

꽃가마 행렬

신부의 꽃가마에는 가마꾼과 장롱을 나르는 짐꾼들. 수모手母 이양댁과 동복댁이 함께 따랐고, 지겟꾼 여러 사람이 가마를 뒤따라가며 신행 행렬을 이뤘다.

며칠 전, 김이장은 아무래도 안심이 되지 않아서 변서 방에게 일러 일군 몇을 더 사서 품삯을 넉넉하게 주었다. 가마꾼과 오동나무 장롱을 메고 갈 사람들이 안전하게 고갯길을 넘어가려면 품삯을 주더라도 신행에 사람이 많은 게 나을 성싶어서였다.

김이장은 어수선한 마을 일을 제쳐두고 수동댁이 손수 빚은 정종 됫병 두 개를 양손에 움켜쥐었다. 가마꾼의 뒤를 따라가는 김이장의 마음은 제 마음이 아니다.

김생원만 아니라면, 안사람 소원이기도 하여 막내딸 순임이를 오래도록 끼고 살 생각이었다. 그러나 법도를 엄격하게 따지는 김생원의 단호한 결정이 번복되는 일은 있을 수가 없었다.

　"하아, 진달래꽃이 반겨 주는 걸 보니 오메, 봄이 참말로 와뿌렀네. 정말 이쁘구나. 어쩜 저리도 울 막내딸처럼 고울꼬……."

　김이장은 취기가 있는 사람처럼 웅얼웅얼거린다.

　분홍진달래꽃에 취한 것인지, 기지개를 켜는 산새들의 지저귐에 취한 것인지, 딸을 시집보내는 아비의 슬픔에 취한 것인지…….

　해마다 봄이 되면 메말랐던 산을 분홍빛으로 물들이며 산자락을 타고 오르는 진달래꽃 군무가 장관인 고갯마루에 올라섰다. 김이장은 봄빛 드는 산등을 빙둘러 본다. 이 고개를 넘어 순임이를 데려다주고 나면 다시 볼 수 없을 것 같은 방정맞은 생각에 가슴이 답답해 온다.

　김이장의 걸음이 자연스레 멈칫거린다. 두 딸을 이미 시집보낸 경험이 있는 김이장이다.

주변에는 적령기에 결혼시키지 못한 딸 때문에 애태우는 사람들도 있다. 그런데 딸을 시집보낸다고 마음이 이토록 허전하고 아플 줄이야. 방금 전까지 이쁘다고 감탄했던 눈앞의 진달래마저 야속해진다.

"너의 분홍빛 어여쁨마저 잔인하구나. 진달래야, 너는 내 마음을 아느냐? 이 고갯길을 내 언제 다시 오겠느냐? 도무지 알 수가 없구나. 내 마음을 나도 모르겠다."

웬 심사인지 알 수가 없다. 딸을 보내는 아비는 슬픈 마음을 감추고 한껏 축복해 줘야 하는데, 아득히 먼 길을 갈 사람처럼 걸음이 무겁다.

"홀가분해야 할 신부의 아비 마음이 왜 이런다냐?"

참으로 알 수 없는 심정의 김이장이다.

"흐흠"

김이장의 복잡한 속내를 간파한 것인지 김생원이 헛기침을 하며 걸음을 멈춰 섰다.

"아버님, 뭐 불편하신 거라도 있으신게라?"

"가마꾼들도 쉬어야 하것제. 이쯤에서 쉬어가자. 담배 한대 태울란다."

칠순의 김생원에게 흙재와 같은 산길을 따라 재를 넘어

가는 일은 고된 일이거니와, 어려운 시국에 어린 손녀딸을 다른 고장으로 시집보내는 일도 김생원에게는 마음을 짓누르는 무거운 일이었다.

사돈을 맺게 된 곡성향교 훈장님 인품이야 따져 물을 게 하나 없을 정도로 고고하신 분이 아니던가. 시골 살림에도 내실 있는 집안이라는 평판이 자자했다. 먹고 사는 형편도 마을에서 제일 낫다고 하니 손녀딸을 맡겨 둬도 그리 걱정할 일은 없을 듯하다.

다만 손주사위의 왜소한 체격이 맘에 걸린다. 집안의 장손은 막중한 책임을 두 어깨에 걸머진 것이다. 장손은 집안 대소사를 어른들 어깨너머로 열심히 배워 일가를 이루고 집안도 굳건히 세워야 한다. 그러니 농촌의 밤낮 없는 농사일을 견디려면 타고난 체력과 강인한 정신을 가진 남자여야만 한다.

초행을 온 손주사위의 행동거지를 유심히 살핀 김생원의 눈에 손주사위의 품행이 단정하여 유교 전통을 따르는 집안의 자제답게 듬직하고 믿을 만하였다. 하지만 작은 체격과 착하게만 보이는 눈빛을 보고 있자니 어린 손녀딸을 잘 건사해 줄지 확신이 서지 않는다. 그저 착하기만 해서는 제 안식구를 돌보기가 어려운 것인데……

하지만 세상이 하도 어지러워 순임이를 데리고 있어도 시집을 보내도 마음이 편치 않기는 매한가지다.

농촌에서는 열 살 여자아이도 웬만한 집안일을 할 줄 알았다. 더구나 혼기를 앞둔 여자는 길쌈을 할 줄 알아야 했는데, 길쌈에 능숙한 것이 농촌 신붓감의 덕목이었기 때문이다. 동짓달에 태어난 순임이는 제 또래보다 한해 어린 셈인데다, 막내라는 핑계로 힘든 일은 며느리 수동댁이 애써 가르치지 않았다.

자그마한 키에 엉덩이도 실하지 않아서 베틀에 앉아 길쌈할 몸집이 아닌 순임이다. 그런 것을 누구보다 잘 아는 수동댁이 차일피일 일 가르치기를 주저한 것이다.

김생원은 그저 사돈댁에서 철모르는 순임이를 어여삐 살펴주기만을 간절히 기대할 뿐이다.

"내가 얼마나 더 살아서 집안을 지탱할 수 있을지 모르겠다만, 애비가 지금처럼 신중하게 살아간다면 별일이야 없겠지만…… 사람을 조심해야 하는디……"

생각은 풀린 실타래처럼 밑도 끝도 없이 뻗어 나갔다. 더구나 어린 증손자들을 생각하면, 아득히 천길 낭떠러지로 떨어지는 두려움이 김생원을 엄습했다.

평생을 살아도 세상살이가 만만치 않다는 것을 익히 알지만 지금처럼 참담한 눈으로 장래를 내다본 적은 여태껏 없었다. 너무 오래 살아서 쓸데없는 생각을 하는 탓이라고 여기고 싶다. 하지만 밀려드는 불안감은 쉬이 떨쳐지지 않는다.

지금보다 나쁜 일이 일어나서는 안 된다고 김생원은 조상님들께 누누이 빌고 또 빌었다.

'간교한 왜놈들 등쌀을 겪고 그 모진 세월을 버텼는디 이보다 더한 일이 하늘 아래 또 있을라고! 아암, 안 되제. 난리라니! 더는 안 되제……'

혼잣말을 하다 자신도 모르게 고개를 절레절레 가로젓는 김생원이다.

흠!~

물고 있던 곰방대를 탈탈 털어낸 자리에 불씨가 남아 있을까봐 다시 발로 짓이겼다. 하얀 고무신 발아래 짓뭉개진 것은 담뱃재가 아니라 김생원의 두려움이었다.

산길을 다니는 사람들은 고갯길에서 잠시 쉬어 갈 때, 담배를 피워 문 자리를 몇 번이고 확인했다. 특히 봄에는 불쏘시개 천지가 산인지라 조심하고 또 조심했다.

꼼꼼한 김생원이 자리를 털고 일어나자, 김이장도 뒤따라 일어나고 일행은 다시 길을 재촉했다.

양지바른 아래쪽은 참나무 아래 덤불을 헤치고 수풀이 무성하게 올라오고 있었다. 골이 깊은 골짜기에는 봄바람을 밀어내는 살얼음이 쌓여 있을 테지만, 춥고 단단했던 겨울을 견뎌낸 생명들이 곧 흙 속에서 용솟음쳐 오르는 것을 막지는 못할 것이다. 헐거워졌던 산등성이도 머잖아 튼실하게 채워질 것이다.

흙재나 수산재처럼 넘나드는 발길이 잦은 고갯길의 소나무와 잡목들도 한결 생기가 돌았다. 봄볕에 기운을 차린 산죽들이 힘차게 몸을 곧추세우고 있다. 맹위를 떨친 겨울의 매서운 추위를 견뎌낸 나무들이 무성히 새순을 내고 짙푸른 초록으로 갈아입기 전이라, 산자락을 분홍빛으로 물들이고 있는 진달래꽃은 못내 아름다웠다.

"어매 이쁘다. 진달래꽃이 춤을 추네……"

"이놈의 진달래는 어쩌자고 이리 이쁘당가……"

대숲이 울부짖다

송단리에는 하루 온종일 거센 비바람이 휘몰아쳤다.
비에 젖은 백아산은 화선지에 수묵화를 그리듯, 흩어졌
다가 기세등등하게 곧게 뻗은 산등을 드러냈다가 혼자서
숨바꼭질을 한다.

김생원댁 뒷마당에서 이어지는 검푸른 대숲이 으르렁
거렸다. 무섭게 후려쳐대는 바람에 시퍼런 소리를 내며
울부짖는다. 마을 어귀에서부터 강아지 한 마리 얼씬도
않는다. 쥐 죽은 듯 적막한 강례마을은 늪으로 빨려 들어
가듯 어둠 속으로 아득히 사라졌다.

김생원댁 넓은 마당은 적요한데 작은방에서 희미하게
불빛이 새어 나왔다. 순임은 뒤뜰에서 이어지는 대숲이

울부짖을 때마다, 알 수 없는 기이한 소리를 듣는다. 소녀는 뭔지 모를 두려운 날이 다가옴을 느끼고 제아무리 잠 속에 두려운 마음을 숨기려 해도 대숲의 울부짖는 소리를 벗어날 수가 없다.

잠결에 덜컹거리는 문을 여미느라 몇 차례 엄마 수동댁이 뒤척일 때마다, 순임이도 덩달아 잠이 들었다 깼다 하면서 잠결에 건넛방 앞마당 쪽에서 두런거리는 사람 소리를 들었다. 한 사내가 나지막하게 무엇인가를 지시하는 소리였다.

"알겠구만요." 하는 낯선 목소리와, 마지못해 "알것써라." 하는 남자의 목소리는 얼핏 들어 익숙한 데가 있었는데, 어린 소녀의 마음을 엄습하는 두려운 무엇이었다. 잠결에 잘못 들은 소리라고 도리질을 해도 대숲이 몸살을 앓는 소리는 분명 아니었다. 마당으로부터 전해 오는 서늘한 기운을 느낀 것이다.

"막둥아, 그만 일어나야제. 학교 늦것다."
잠에서 깨라고 재촉하는 목소리를 듣고도 날이 밝은 것인지 아직도 밤인지 분간이 되지 않을 만큼 비몽사몽이다. 잠을 설친 탓에 몽롱하다. 하지만 비밀스러운 그 목소리만은 어린 순임에게 또렷하게 남아 있다.

잠이 많을 시기의 소녀가 잠을 쉬이 털어내기에는 이른 시간이다. 더구나 풀을 먹인 새 홑청의 감촉이 좋아서 이불을 돌돌 말고 있는 경우라면 말이다. 하지만 여느 날처럼 소죽을 끓이는 김이장의 투박하고 마른 목소리는 어김없이 순임을 이부자리에서 벌떡 일으켰다.

'그래. 늘 그랬듯이 행복한 아침인 걸. 잠자리를 뒤척이게 한 지난밤의 목소리는 순전히 꿈이었을 뿐이야.'

밤새 불안한 마음으로 새우잠을 잤던 순임이 고개를 살래살래 저으며 혼잣말을 했다.

사랑채를 나온 순임 오빠는 부스스한 머리를 한두 번 탈탈 털어 내리고, 미처 떨구지 못한 잠을 이기느라 눈을 비벼댄다. 소죽을 끓이고 있던 사랑채 아궁이의 서서방이 고개를 까딱이며 인사를 한다. 면에서 서기로 근무하고 있는 김이장의 외아들 종택은 매사에 똑똑하고 일 잘하기로 칭찬이 자자하여 나무랄 데가 없다. 김이장과 수동댁에게 듬직하고 자랑스러운 아들이다.

더구나 겸면 평장리 전주 이씨 집안의 둘째 딸 길순을 며느리로 맞아들였는데, 보란듯이 손자 둘을 나란히 안겨 주었다. 자손이 귀한 김씨 집안에 크나큰 경사가 아닐 수 없었다.

순임은 세수를 끝내기 바쁘게 부엌으로 달려가 빠꼼 얼굴을 들이밀었다. 엄마의 하얀 행주치마는 부뚜막의 언저리에서 감춰졌다 드러났다 한다. 분주하게 부엌과 장독대를 오가는 엄마를 쳐다보고 있는 이 순간들이 순임에게는 참 좋다.

엄마의 표정은 수만 가지로 바뀐다. 특히 음식의 간을 맞출 때는 더욱 그렇다. 입맛이 까다로운 김생원의 밥상을 챙기는 일에 여념이 없는 수동댁과 달리 순임이는 마냥 기분이 좋아 함박웃음을 짓는다.

그런 모습을 물끄러미 바라보던 올케가 빙긋 웃음을 감추며, 시누이 등굣길을 챙기느라 끼어든다.

"아기씨, 벤또 챙기쇼잉! 지난번 맹키로 놓고 가믄 안 갔다 줄랑께요."

"흐흠~"

시할아버지 김생원의 기침소리에 순임 올케가 후다닥 잰걸음을 하며 부엌으로 향했다. 김생원의 기침만 들어도 왜놈의 말을 한다고 이미 지천하시는 거나 다름없음을 안다. 하지만 길순에게서 '벤또'라는 말이 쉽사리 고쳐지지 않는다.

길순은 1928년생이다. 왜놈 말을 쓴다고 이따금 야단치시는 시할아버지에 대하여 길순은 할 말이 아주 없는 게 아니다. 나라가 힘이 없어 일본에게 침략당한 강점기에 태어나 듣고 배운 게 왜놈 말이 아니던가!

피안, 아이들의 세상

땡땡땡!~

땡땡땡!~

종례종이 울리기가 바쁘게 교실 안은 마룻바닥을 긁는 의자소리로 아수라장이다. 책보자기부터 집어 들고 우당탕탕 뛰는 남학생들과 마룻바닥 청소를 마치기도 전에 밀린 수다에 여념이 없는 여학생들로 시끌벅적 난장판이다.

당번인 삼식이와 귀남이 마지막 창문을 닫아걸고 교실을 막 나서려는데, 여학생 서너 명이 복도 끝에서 까딱까딱 손짓을 했다. 녀석들을 불러낸 여학생들은 짓궂음으로 치면 남학생 못지않은 왈가닥들이다.

삼식이와 귀남이 마주보고 찡긋 눈짓을 하더니 복도를 한껏 내달렸다. 누가 이기나 백 미터 달리기를 하듯……

"야야~저런 놈의 짜슥들 같으니라고."

쌩하니 옆 반 선생님 훈수가 바람결에 날아갔다. 개구쟁이 두 녀석은 아랑곳하지 않고 냅다 복도 마룻바닥이 꺼져라 달렸다. 낡고 닳은 복도의 마룻바닥도 군기반장 선생님을 흉내내기라도 하듯 유난히 삐그덕거렸다.

너럭바위로 기어오른 녀석들이 가쁜 숨을 토해냈다. 하악~ 하악~ 눈앞이 하얘지도록 숨이 가쁘다.

"저놈의 지지배들에게 잘 보이려고 자맥질 몇 번만 더 했다가는 울 모다 죽어 불것다."

원리에 사는 일규가 뱉어내는 말이다. 가슴팍을 잡고 헥헥대던 삼식이가 두 손을 번쩍 들어 귀남이에게 항복하는 시늉을 하자, 그제야 남자아이들의 괜한 힘자랑도 끝이 났다.

몇몇 녀석들이 그 자리에 벌러덩 드러누워 새파랗게 소름 돋은 비쩍 마른 몸을 따가운 햇발에 내어 맡긴다. 사내아이들이 그 옆으로 쪼르르 누워서 해바라기를 한다.

너럭바위는 개천에 있는 바위로, 백아산 마당바위처럼 크고 너부데데하다고 하여 아이들이 붙여 준 이름이다.

백아산의 마당바위는 개천의 너럭바위에 비할 바가 아니었다. 하늘로 우뚝 솟아올라 기상과 패기가 넘쳐 바라보는 이들로 하여금 바위에 대한 경외감을 불러일으켰다.

석회석의 흰 바위가 소나무들에 가려져 있다가 바람이 불면 거위가 앉아 있는 것처럼 보인다고 해서 붙여진 백아산은 무등산으로 이어지고 있는 길목으로, 높지는 않아도 험한 지형의 산이다. 마당바위는 오래전부터 영험한 곳이라고 하여 뭇사람들이 찾아드는 곳이다. 백아산의 마당바위는 솟아난 주변의 흙마당을 모두 합하면, 논 한마지기 하고도 반은 될 성싶게 넓었다.

짙은 초록옷을 입은 산, 천지가 초록물이 들었다.
어디를 둘러보아도 푸르디푸른 초록세상이다.
송단리 아이들은 초록들판을 천방지축 뛰어다녔다.
어른들은 '아서라' 배 꺼진다고 말려도
아이들은 배고픈 것도 잊고
초록으로 물든 세상을 헤집고 다녔다.
초록으로 물든 들로! 산으로!

막바지 세벌김매기를 마치고 맞은 백중날은 농번기의 반짝 명절이었다. 어른들은 농사일에 고되었던 서로를 위로하기 위해 잔치를 벌였다. 하루 종일 풍악이 울리고 모처럼 온 동네가 들썩들썩, 사람들은 흥이 절로 난다.

아이들도 백중에 맞춰 흑석마을, 평지마을 아이들까지 뭉쳐서 밤마실을 즐긴다. 어슴푸레한 모닥불 불빛에 드러난 아이들은 올망졸망 키가 제각각이다. 농촌에서는 제때 자녀들을 학교에 보내지 못해 뒤늦게 입학하는 일이 허다했다. 서너 살 많은 아이들이 섞여 공부를 한 탓에 언니 오빠 동생들이 동급생이기가 부지기수였으니, 당연히 키도 몸집도 들쭉날쭉이었다.

명자가 보따리를 풀자 삶은 감자와 풋고추 송송 썰어 넣어 지진 호박전, 뜨끈뜨근한 시루떡까지 먹을거리가 한 무더기 펼쳐진다. 아이들은 여태 기다리고 있었다는 듯이 환호성을 내질렀다.
"와아, 맛있것다. 이게 웬떡이다냐? 울 명자누님 배뽀가 젤로 크당께."
"벨소리를 다 헌다."

평소에 '명자'라고 맞먹던 귀남이가 애교스런 아부를 떨었다. 명자는 오랫동안 병치레를 하는 바람에 동생 금자와 입학을 같이 했다. 동생뻘인 아이들이 천방지축 까불어도 명자는 빙그레 웃으며 넘기기 일쑤다.

"금자야, 괜찮겠냐? 들키믄 매타작일텐디……"
"오늘은 울 엄마가 싸준 것잉께. 걱정말어."
"흐메, 고마운 거. 진짜 고맙다이."

손에 떡 한 조각씩을 든 녀석들이 귀남이 말에 고개를 끄덕인다. 사실 아이들이 걱정스레 뱉은 말은 미안한 마음을 감춘 소리에 불과했다. 송단리 아이들 모임의 먹거리를 담당한 것은 언제나 명자네 자매였다.

두 자매의 이런 행동을 알면서도 종종 먹을거리를 챙겨 둔 명자엄마 덕분에 송단리 아이들은 뿔뿔이 흩어질 때까지 비밀스럽게 자신들만의 여름 왕국놀이를 계속할 수 있었다.

이 마을에서는 명자와 순임이네가 제일 잘사는 축에 들었다. 특히 순임이네는 사오십 마지기나 되는 전답을 일구면서 상머슴이 두 명이나 되었고 찬모도 있었으니 강례마을 부자로 통했다.

하지만 밤마실을 위한 간식 서리는 아마도 명자네가 제일 많이 당했을 것이다. 웬만한 사내아이들은 면서기로 있는 순임이 오빠를 무서워해서 지레 겁먹고 순임이네 밭 언저리는 얼씬도 하지 않으려고 했다.

여름이면 물놀이로, 겨울이면 설 명절을 지나 꾸덕해진 가래떡과 고구마를 구워 먹으면서 먹구름이 드리운 어른들의 세계로부터 멀어져 갔다. 이때만큼은 어른들의 잔소리와 수심이 깊어가는 부모님의 한숨소리를 듣지 않아도 되었고 이해할 수 없는 어른들 세상으로부터 달아날 수 있었다. 하지만 순임이와 친구들은 자신들 앞에 닥칠 내일 일을 알지 못했다.

아이들은 세상이 어떻게 돌아가는지 알 바가 아니었다. 어리석은 어른들이 만들어 놓은 소용돌이에 아이들이 빠져들어서는 안 되는 것이다. 그러나 운명이란 얼마나 얄궂은 것인가!

"왜정시대가 끝나자마자 또 도둑놈들 세상이 오는가? 세상이 참말로 숭허다."

긴 한숨과 함께 토해 내던 김생원의 탄식처럼…….

마사코 소동

단오에 창포물에 머리 감는 행사가 있을 만큼 삼단 같이 긴 머리를 땋아 내리는 것이 전통적으로 어린 여학생의 머리 모양이다. 하지만 일제가 패망하고 물러간 후에도 일제의 잔재가 남은 교육현장에서는 귀밑까지 올린 단발머리를 요구했다.

특히 조회 때, 운동장에 도열한 까까머리의 남학생들은 마치 소년 병사 같았다. 머릿속을 환히 드러낸 까까머리는 부스럼과 가마가 몇 개인지, 두고두고 놀림거리가 되어 아이들의 수치심을 자극했다. 머리 모양까지 일제 교육의 일환이었으니 개인의 개성 따위는 무시되었다. 여학생들의 긴 머리는 감고 말리는 일이 번거로워서 개중에는 단발머리가 편하다고 여기는 사람들도 있기는 하였을 것이다. 이렇듯 알게 모르게 일본은 조선인을 짝퉁 일본인으로 만들어 갔다. 일본은 조선인 스스로 전통문화를 배격하도록 의도된 교육과 제도를 시행했다.

　순임이는 한때 '마사코', '요시코'라고 부를 수 있는 명자, 미자처럼 되고 싶었다. 철모를 때는 명자라는 이름에 일본식 마사코라는 이름을 가진 친구가 부러웠다. ~ 코'라는 이름은 간드러진 맛도 있어서 순임이라고 부르는 것보다 훨씬 세련되어 보였다. 어린 마음에 자신의 이름이 마사코라는 이름 앞에서 촌스럽게 느껴졌다.

　일찌감치 서구문물을 받아들인 일제가 시행하는 것은 신식이요 신문물이라는 달콤한 착각을 불러일으켰다. 더구나 학교에서 더는 조선말을 배우지 않았다. 일본어로 공부를 하고 일본역사를 배우는 마당에 일본식 이름을 가졌다고 해서 나쁠 게 없다고 생각했다.

　한번은 할아버지 김생원에게 일본식 이름으로 바꿔 부르게 해달라고 했다가, 노발대발 불호령이 떨어져 한동안 집안이 살얼음판이 되고 말았다. 그 이후로 일본에 대한 것은 입 뻥긋도 하지 못했다.

순임의 집안에서는 불이익을 당하더라도 창씨개명을 하지 않기로 처음부터 작정을 했다. 그런데 김이장의 친구 박순경은 생각이 달랐다. 어차피 조선은 사라졌다. 싫든 좋든 일본을 배워서 남보다 앞서가는 것이 시대를 잘 살아가는 생존방식이었다.

"어이, 세상을 바꿀 수 없다면, 그런 세상을 이용해서 살면 되는 거 아니거써? 자네는 뭘 그렇게 어렵게 사는가 말이시. 이제 조선은 없어. 글고, 조선이 우리에게 뭘 해 줬는가? 양반 놈들이 나라를 이 지경으로 만들어서 가진 것 없는 우리네 사는 꼬라지가 불쌍하다는 말로 대변이 되겠는가?"

비록 김생원 댁에서야 씨알도 먹히지 않을 일이지만 박순경은 가끔 탁주 한사발을 들이키는 날에는, 김이장을 달래도 보고 어르기도 하면서 김이장에게 창씨개명을 종용했지만 어림도 없는 일이었다.

"제아무리 죽마고우라고 해도 박가 놈을 조심혀. 순사질을 할 정도로 변질된 거여."

"아버님 그게 아닐 것이구만요. 걔가 가진 것이 없으니 제 식구들 먹여 살리느라 죽지 못해 순사질을 하는 거당께요."

"아서라. 왜놈들에게 했던 똥개노릇을, 이제는 이승만 정권에서 얼마나 오래하는가 보자. 창씨개명은 아주 숭악한 일이여. 일제 놈들이 지들 황제의 밑으로 우리를 올려놓고, 우리의 정신을 개조해서 지들 좋을 대로 써먹겠다는 거여. 우리는 조선인이여, 조선인!"

김생원은 언짢은 심기를 드러내며 사랑방 여닫이문을 닫았다. 탁~ 어찌나 세차게 닫았던지 끝에 달린 문풍지가 꺾인 채 말려 들어갔다.

일제 강점이 길어짐과 함께 경찰로 오래 근무한 이들은 친일적인 부역행위를 일삼았다고 해도 과언이 아니었다. 목구멍이 포도청이라는 말이 있지만 일제 순경을 지냈던 다수의 기회주의자들은 해방 이후에도 변신을 거듭하여 득세를 하는 중이었다. 선비의 강단이 있는 김생원은 나라를 잃은 암울한 시대를 살아도 조선인의 얼을 뺏는 창씨개명만큼은 도저히 용납할 수가 없다.

수동댁이 들려 보낸 감주를 들고 사랑채 앞에 당도한 순임은 격앙된 할아버지의 목소리에 움찔 놀랐다. 평소 엄하기는 해도 호통을 친 적이 없는 분이었다.

어른들의 대화를 본의 아니게 엿듣게 된 순임은 박순경의 딸이 뽐내며 입고 다니던 세일러복이 떠올랐다. 여학생들의 부러움을 자아내던 그 아이, 단발머리에 세일러복이 그렇게 잘 어울릴 수가 없었다.

한일병합조약 이후, 일부 계층은 빠르게 일본에 흡수되어 갔고 일본말을 배우는 것이 생존에 유리했다. 상투를 자르고 수염을 베고 심지어 게다짝을 끌며 뽐을 내는 사람들이 늘어나는 세상이다. 다시는 조선이 조선이 될 수 없는 캄캄한 천지에 창씨개명을 하지 않는다고 해서 애국은커녕 눈총이나 받는 케케묵은 고집에 불과했다.

더구나 성씨를 바꾸는 것은 강제성을 띠었지만 이름은 자유의사를 따른다고 하지 않은가. 하지만 창씨개명에 응하지 않은 사람들의 자녀들은 입학을 거부당하기도 하고 식량배급을 받지 못하기도 했다. 관공서 채용에 있어서 차별을 받는 등, 어려움을 겪었다.

또 한편에서는 일본의 제국주의 정책을 맹목적으로 따르던 이들이 자발적으로 창씨개명에 앞장서기도 했다. 대다수 사람들이 창씨개명을 하기는 했지만 모든 사람들이 그러한 것은 아니었다.

김생원처럼 끝까지 창씨개명을 거부한 이들도 적지 않았다. 김생원의 지인 중에 황소고집이라 불리는 분은 일부러 보란 듯이 창씨개명에 동참하여 괴상한 이름을 지었다. 일제의 이러한 식민지정책에 반대하는 의미에서 일본 제국주의에 대한 저항의 뜻을 담은 이름으로 개명한 사람들도 있었다.

일본은 황국신민화 정책으로 조선의 정신을 말살하려고 했다. 내선일체라는 그들의 강령은 우리말 대신에 일본어를, 한국사 대신에 일본사를 가르치게 했다. 조선에서의 창씨개명을 강행한 것은 간악한 일제의 간교한 동화정책의 하나였을 뿐, 조선인에게 일본인과 동등한 혜택과 대우를 부여하기 위한 것은 전혀 아니었다.

일본의 창씨개명은 오래가지 못했다. 창씨제가 시행된 지 5년 만에 해방을 맞아 1946년에 내려진 조선성명복구령에 의해 창씨개명은 무효화되었다. 일제의 식민정책에 동조하며 창씨개명의 변을 그럴듯하게 떠벌이던 이들은 뻘쭘하게 되고 말았다. 창씨개명을 끝내 하지 않았거나, 창씨개명에 반발해 일본에 적대적인 이름을 지었던 이들은 가슴을 쓸어내리며 안도했다.

동면에서 불어오는 소문

　사람들은 마을회관에 모여 세상 돌아가는 이야기를 나누며 시름을 쏟아냈다. 농한기에는 볏짚으로 새끼를 꼬아 가사에 힘을 보태는 어른들이 땅이 꺼져라, 한숨을 내쉬었다. 정치는 농촌 촌부들과는 아무 상관이 없었다.

　농사밖에 할 줄 모르는 순박한 강례마을 어른들의 바람은 어느 누구와도 크게 다르지 않았다. 농사가 천하제일의 근본이라는 생각을 가진 그들은 척박한 땅, 다랑이 논밭이라도 좋았다. 남의 땅을 부쳐 먹어서라도 농사를 지을 수만 있다면 몸을 사리지 않고 힘써 일했다. 그들의 바람은 꽁보리밥을 먹일 지언정, 가족들을 배곯지 않게 하는 것이다.

또한 조상의 숨결이 깃든 고향에서 이웃들과 오손도손 살고 싶은 소박한 꿈이다. 하지만 까까머리로 박박 밀게 한 선생님에게 반항 한 번 못하는 아이들도, 머리카락을 댕강 잘라 단발머리를 해야 하는 딸을 보면서 항변도 못하고 일제식 관행을 따라야 하는 부모들도 제 목소리를 내는 세상이 결코 아니었다.

언제 나라가 백성을 위한 적이 있었던가? 백성을 위해 무슨 일을 했던 것도 없었다. 왜놈들 난리에 무수히 공출해 간 곡식가마니는 자식들의 피눈물이요, 목숨과 같았다. 먹을 것이 없어 자식들이 누렇게 떠가는 보릿고개의 서러움에도 나랏님들은 백성을 지키기에 너무도 무기력했다. 그러니 세상살이가 힘들다고 해서 어디에도 비빌 언덕이 없는 백성들이 누구에게 하소연할 것인가!

　일본인이 탄광을 버리고 떠나자, 미군정이 관리하기 시작한 동면 소재의 탄광에서 일어난 난리 소식은 가뜩이나 심란한 사람들을 더욱 불안하게 했다.

　"왜놈이 떠난 자리에 코쟁이가 들어와 조선의 사람을 개 돼지만도 못한 취급을 한다고 합디다."

"갱도에서 죽으나, 배곯아 죽으나 매한가지라서 들고 일어난 게라."

화순탄광에서 일하는 광부들은 핍절한 삶을 견디다 못해 봉기했지만 본전도 못 찾고 형편만 나빠지고 말았다. 광부들이 들고 일어나자 미군정의 무력진압으로 몇 사람은 죽고, 부상 입은 많은 광부들이 치료도 받지 못하고 도망 다니다가 죽었다더라, 하는 소문은 빠르게 화순지역 밖까지 휩쓸었다. 그뿐만이 아니었다. 갈데없는 그들이 빨치산에 합류해 토벌대와 싸우게 되었다는 것이다. 이런저런 소문들은 사실이었든 아니었든 간에, 하루가 멀다 하고 사람들의 마음을 뒤숭숭하게 흔들어댔다.

특히나 일본인들이 떠난 뒤, 동면의 탄광들을 인수해 운영한 미군정이 자신들의 감독 아래 있던 화순탄광 광부들을 진압하는 과정에서 많은 사상자가 발생한 일로 군민들은 경악했다. 결코 남의 일이 아니었다.

"맞당께."

"왜놈들이 떠나고…… 미국 코쟁이들도 나쁘제. 능주 사는 울 당숙도 광부인디, 미군정이 맡고서 나아질 줄 알았는디, 왜놈이나 코쟁이나 믿을 놈들이 아니라고 하더만. 어찌 된 거이 갈수록 더 못살겠다고 하드라고."

해방 후, 정치와 경제상황이 자꾸만 꼬여갔다. 일제 때부터 화순 동면 복암리 일대는 석탄을 캐는 탄광들이 있었는데, 강원지역의 탄광만큼이나 채탄량이 많았다.

해방이 되자 일본인들이 조선에서 황급히 떠나면서 화순지역 탄광들은 주인 없는 것이나 다름 없게 되자 잠시 화순탄광의 광부들이 탄광을 관리하게 되었다.

그것도 잠시, 미군정이 탄광운영권을 인수했다. 하지만 비싼 물가에 턱없이 낮은 임금을 받게 된 광부들과 그의 가족들은 미군정이 식량배급제를 하기 전까지 갱도에서 죽음의 위험과 배고픔에 시달려야 했다. 미군정이 식량배급제로 전환을 했지만 광부들의 곤궁한 형편은 나아지지 않았다.

급기야는 그해 광복절 행사가 있던 무더운 여름, 광주와 화순을 오가는 너릿재에서 광부들과 미군정 사이에 충돌이 일어나고 말았다. 미군정이 탱크와 비행기까지 동원해 무리한 진압에 나서는 바람에 사상자가 난 사건을 두고 하는 말이었다.

마을회관에 모인 젊은이들이 "도대체 누구를 위한 나라냐"고 성토하며 목소리를 높였다. 시국에 대한 불만을 쏟아내어도 어른들은 할 말을 잃는다. 어른들이 요지경으로 세상을 만들었다. 모두가 학수고대하던 해방이 되었지만 혼란을 부추기는 나랏일에 대하여 젊은 청년들에게 해 줄 말이 없었다.

농사밖에 모르던 사람들에게 별별 소문이 꼬리를 물고 이어졌다. 머잖아 개벽세상이 온다는 것이다. 그동안 부자들과 지주들이 착취한 것을 공평하게 갖게 되는 세상 말이다. 점차 사람들은 각자가 꿈꾸는 좋은 세상을 기대하면서 모였다 하면 무엇이 옳은지, 무엇이 좋은 것인지 알 수 없는 자신만의 말들을 쏟아 내었다. 시골 사람들조차 정치적인 언어가 일상적인 대화로 이어지면서 좌우익 편가름 현상이 두드러지고 있었다.

정치 불안 속에서 좌우익으로 나뉘고 있는 사람들의 민심이반이 어떤 형태로 진화할지 또 그것이 가져올 파장은 어디까지인지, 뉴스를 접하는 김서기는 막연한 두려움을 느낀다. 지각이 있는 사람이라면 당연히 느끼는 그 어떤 무엇이 생물처럼 움직이고 있는 것이다.

어지러운 혼돈의 시대

주막집 친정에 초상이 나는 바람에 오갈 데 없게 된 청년들이 김생원댁으로 마실을 왔다. 회포를 푸는 데는 거나해지도록 마셔도 눈치 볼일 없는 주막집이 안성맞춤이지만 막걸리로 회포를 풀지 못한 청년들에게 인심을 베풀 곳은 김서기의 집만 한 데가 없었다.

이들은 세상 돌아가는 이야기를 하느라 밤이 깊은 줄도 잊었다. 때때로 격한 목소리가 사랑채 밖으로 새어나왔다. 미군정 상태의 나랏일과, 사람들이 좌우익으로 갈라져 걷잡을 수 없이 험악해져 가는 것을 걱정하다가도 지주들에 대한 원망을 잊지 않고 터뜨린다.

"김서기, 자네는 어떻게 생각하는가? 만약에 말이야 자네 집안처럼 땅부자들에게 토지를 내놓으라고 하면 말이야?"

 아랫마을 사는 친구 형님이 대뜸 단도직입적으로 질문을 하자, 잠깐 당황한 김서기가 자신의 의견을 내놓았다.

 "……글쎄요. 조상 때부터 성실하게 모아온 전답인디 요것을 누가 무슨 권리로, 나눈다는 말입니까?"

 "긍게. 아니, 자네가 일군 재산이 아니고 선대로부터 내려온 재산이니 불공평하지 않은가 말이시? 우리네 같은 족속은 땀 흘려 빌어먹을 땅뙈기가 손바닥 맹키로 작아서 형편이 뭣 가튼 속내를 자네 같은 샌님이 어찌 알 것인가. 이대로 가믄 우리들은 굶어 죽게 생겼네. 그랴."

 읍내 고향집에 내려온 김에 김서기를 찾아왔다가, 마을 청년들과 합석을 하게 된 김서기의 죽마고우 강석이 끼어들었다.

 "종택, 뼈 빠지게 머슴 노릇해서 받은 세경이라야 딸린 식구들의 입에 풀칠하기조차 어림 없는 처지가, 있는 집 머슴들과 소작농들의 현실이 아니던가?"

 술 한잔 들어간 이들에게서 의도치 않은 협공을 당한 김서기의 속내가 혼란스럽다. 서울로 가더니 세계관이 달라진 친구 녀석이 내뱉은 말에 뭐라고 변명을 할 수가 없다. 그의 말의 옳고, 그름과 상관없이 현실의 구조가 기득권을 쥔 자들의 운동장이었다. 자신의 탓은 아니지만 변서방이나 서서방의 버짐 핀 아이들의 꾀죄죄한 낯빛이 떠올라 마음이 여간 편치가 않다.

삐이~ 치치치치치……
삐이~ 치치치치치……

서서방은 잠이 들었나보다. 더 이상 수동댁이 빚은 술을 사랑채 마루에 가져다 놓지 않았다. 지치지도 않고 울어대던 귀뚜라미와 풀벌레 소리도 잦아들어 적막하다.

하지만 밤이 깊도록 김생원댁 사랑채에 모인 이들은 자리를 뜨지 않았다. 도리어 또랑또랑해진 눈빛으로 더욱 진지해진 청년들은 불공평한 구조를 가진 세상과 혼란한 시국에 대해 목청을 높여 성토를 해댔다.

"우리 민족에게 반민족적 행위를 한 친일파를 단죄하지 않는 것은 무슨 조화여. 친일 역적들이 미꾸라지 같이 정부 요직에 다 들어가고 뭔, 이런 세상이 있당가?"

"그러게 말일세. 왜놈만큼이나 나쁜 친일파들을 조사

해서 처벌하려고 만든 반민특위까지 무산되는 한심한 시국이니 뭐가 어떻게 돌아가는지, 휴!…… 패싸움이 나면 주동자 뿐 아니라, 패거리들을 다 잡아들이는 법인데 동족의 등을 밟고 섰던 놈들이 버젓이 활개를 치고 살도록 내버려두다니 앞으로 닥쳐올 세상이 걱정이네.”

현 시국에 대해 논리정연하게 비판하는 강석은 어린 시절을 함께 보냈던 소년이 아니었다. 강석의 부모님은 어려운 살림에도 자식을 가르치려고 몸부림쳤다. 재산도 없고, 배운데도 없어 설움을 당했던 한을 자식에게는 물려주지 않기 위해 강석을 서울로 대학을 보내고, 당신들은 날품팔이도 마다하지 않았다.

오늘따라 친구인 강석이 낯설었다. 종택도 나름대로 하고픈 말은 많았지만 ‘언행을 주의하라’던 어른들 말씀이 떠올라 입을 꾹 다물었다. 집안 어른들이 살림을 잘 일군 덕분에 자신은 궁색함을 모르고 자랐다. 그렇다고 해서 가난한 살림과 변변찮은 학벌 때문에 운신의 폭이 좁은 친구들이 겪는 고뇌를 전혀 모르는 바가 아니다. 일제로부터 해방은 되었지만 발전된 미래가 요원한 현실 속에서 박탈감을 갖는 친구들의 입장을 이해하면서도 그들의 성토가 내심 불편하기도 하였다. 맡겨진 일을 충실히 하면서 하루를 열심히 사는 자신을 생각하면 그도 할 말이 많다. 종택은 스스로에게 질문을 던진다.

"내가 가진 것을 저들에게 똑같이 나누면, 우리 모두가 만족할 만한 공평한 삶을 살 수 있는 것일까?"

주고받는 대화가 정치와 사회 비판으로 이어질수록 목소리가 격앙되었다. 해법을 찾을 수 없는 불평등한 사회 구조와 지주들이 부리는 횡포에 적대감을 갖게 된 젊은 이들의 비통한 현실만 확인할 뿐이었다.

집안 어른들이 서둔 혼사

어느 늦가을, 수동댁의 사남매가 홍시 감을 따는 재미에 목 아픈 줄도 모르고 하늘로 목을 늘어뜨려 장대를 휘두르고 있다. 잘 익은 홍시는 매번 땅바닥에 나뒹굴며 으깨지기 일쑤였다. 장대 끝에 매달려 떨어질 듯 간당간당하게 빨간 홍시가 내려오자 꼴깍 침을 삼키며 긴장하고 있던 여동생들이 신이 나서 발을 동동 구른다.

"와아, 내려온다. 울 오라버니 최고여."

"와아, 내려온다. 힘내, 오빠야."

사남매를 진땀나게 만든 홍시는 막냇동생 순임이 몫이었다. 자상한 종택은 제일 먼저 순임이 손에 말랑말랑한 홍시를 얹어 주었다. 오빠 종택이 한쪽 눈을 찡긋거렸다.

항상 어른이 우선이었기에 어른들 보다 앞서 순임에게 건넨 홍시에 대하여 함구하기로 한 것이다. 아이들은 잘 익은 홍시를 골라 담아서 사랑채 마루에 가져다 놓았다. 수동댁 아이들은 가을날, 풍요로운 한때를 즐기고 있다.

집집마다 주황빛 감이 주렁주렁 달렸다. 나뭇잎들이 잎을 떨구고 들판이 텅 비어가는 풍경 속에서 빨갛게 익어가는 감은 세상 시름마저 잊게 하는 풍성함 그 자체였다. 황금빛으로 넘실대던 들녘의 풍경을 추억하며 담벼락의 감들은 그렇게 빨갛게 익어갔다.

수동댁은 사남매가 홍시를 따느라 수선을 떨던 날들마저 그리웠다. 깔깔거리던 아이들의 웃음소리가 귓전에 맴돌았다. 두 딸을 시집보내고 나자, 허전한 마음을 달랠 길 없어 막내딸은 조금이라도 옆에 끼고 살고 싶었다.

하지만 수동댁의 바람은 어수선한 세상사에 맘대로 되지 않았다. 예법에 엄하기로 유명한 김생원이 사람을 놓아 순임의 혼처를 알아보고는 김이장과 수동댁에게 일방적인 선포를 했기 때문이다.

"여식의 혼처 너무 고르려다 혼기 놓치고 집안 본새만 볼썽사나워진다. 고만고만한 짝을 지어 주는 것이 잘하

는 일이여. 청계에서 나름 학식이 있고, 집안도 괜찮은 훈
장님 댁 손자에게 묶어 줄란다. 그리 알거라."

 이렇게 해서 막내딸 순임이의 혼인 절차가 시작된 것
이다. 김이장과 수동댁은 신랑집 납채納采를 받아 들었다.
집안의 남자들도 혼례의식에 누가 되지 않기 위해 태도
를 단정히 했다. 집안의 여자들도 모든 절차를 따를 때 마
음을 다하여 예를 갖췄다. 김이장부부에게는 네 번째 치
르는 혼사이자 마지막 혼사이다.
 화문석을 깔고 병풍을 두른 다음 탁자 위를 청보자기
와 홍보자기로 덮었다. 수동댁이 신랑의 사주四柱를 신주
받들 듯하였다. 신랑감의 생년월일, 시에 대한 사주와 옥
사분홍저고리 한감, 황금 쌍가락지 등이 들어 있었다.
 납채를 받은 김이장부부는 좋은 혼례일에 대한 날짜를
신중히 정했다. 단자가 올 때 받았던 편지에 대한 답을 간
지干支에 쓰고 청홍보자기에 싸서 청계 신랑집으로 택일
단자인 연길涓吉을 보냈다.
 김생원이야 향교를 핑계 삼아 사돈댁 웃어른을 몇 차
례 뵈었지만, 김생원의 며느리 수동댁은 풍속을 따라 말
없이 따른다.

양가 부모들은 집안 어른들이 혼사를 결정한 일이라 혼례 준비에만 신경을 썼다.

"저렇게 철모르게 순진한 막내딸을……"

자그마한 키에 뽀얗게 예쁜 순임의 남편감으로 어떤 남자를 고르신 것일까? 수동댁은 이대로 봄이 오지 않았으면 하는 심정이다.

순임이가 빠끔 문고리를 잡고 매달려서 수동댁을 물끄러미 쳐다보고 있다. 순임이의 눈은 엄마의 등짝이 출렁이며 흐느끼는 것을 놓치지 않았다.

엄…… 마……

수동댁은 막내딸이 자신을 지켜보고 있다는 것을 눈치채지 못하고 있었던 터라, 순임의 목소리에 화들짝 정신이 들었다. 순임이의 눈과 마주치지 않으려고, 수동댁은 멀찍이 마당으로 눈길을 주면서 슬쩍 눈가를 훔쳐 내렸다.

송단리 친정의 막냇동생 혼례가 구체적으로 준비되자 부쩍 걱정이 많아진 김이장의 큰딸 종숙이다. 친정은 지주농에 속하여 큰 어려움은 없었지만 근래에는 집이 넓다는 이유로 빨치산들이 친정집을 연락사무소처럼 사용

하면서부터 김이장의 곳간은 그들의 보급창고가 되다시 피 하고 말았다. 쌀가마는 물론이고 부대원들 사기를 북돋울 요량이면, 소와 돼지까지 제 맘대로 잡아댔다. 이러다간 막냇동생 순임이 혼사를 제대로 치를 수 있을지 모르겠다. 그뿐만 아니라 수동댁 말대로 혼사를 치르기도 전에 더 큰 난리가 나는 것은 아닐까 걱정이 앞선다. 수동댁의 맏딸 종숙은 본가가 가까워 친정 일에 늘 귀를 열어 두었다.

밤사이에 눈이 내려 온통 하얗다. 어디가 장독대고, 어디가 우물인지 분간을 할 수가 없다. 온 세상이 눈으로 덮여 버렸다. 댓돌 위의 나란한 신발도 하얗다. 순임이 마당으로 내달린다. 복돌이가 따라 달린다. 하늘에서 내리는 포실포실 목화송이 같은 눈송이가 하늘하늘 춤을 춘다. 순임이와 복돌이가 눈밭에서 뱅글뱅글 춤을 춘다. 하늘도 순임이를 따라 복돌이를 따라 뱅글뱅글 돈다.

봄이 오면 시집을 가는 순임. 그 시절 풍속에 따라 신랑 될 남자의 얼굴을 딱 한 번 보고 하룻밤 신방에 든 다음, 그 남자를 지아비로 섬기며 일평생을 살아가게 될 것이다.

결혼은 선택이 아니었다. 어른들이 정해 준 짝을 만나 반드시 해야하는 일이었다. 상상만으로도 두렵기는 한데 한편으로 묘한 설렘으로 싱숭생숭한 날이 이어졌다.

어른들이 혼사에 대한 이야기를 나눌 때 언뜻 듣기로 장래 신랑감은 순임이 보다 한 살 아래였다. 어른들 눈에 유순해 보이는 선량한 낯빛에 호감이 갔다는 것이다. 그런데 외모에 대한 언급이 없던 걸 보면 체격이 크거나 호남형의 남자가 아닐 것이었다. 순임은 자신의 키가 작은 만큼, 신랑의 키가 좀 컸으면 하는 바람이 있었는데……

만감이 교차하는 혼수준비

수동댁 안방에 동네 아낙들이 둘러앉아 혼숫감 바느질을 하느라 왁자지껄하다. 농한기에 세상 즐거울 일이 없던 차에 눈에 넣어도 아프지 않을 김생원댁 막내 손녀딸의 혼례일이 다가오고 있는 것이다.

혼수에 쓰일 이부자리며, 신랑집으로 보낼 예단 바느질은 모처럼 수동댁의 이웃 친구들에게 각자의 솜씨를 뽐낼 기회를 주었다. 면 홑청과 함께 목화솜에 시침질하는 것은 이양댁 몫이다. 이양댁은 수동댁의 일이라고 하면 농번기에도 한달음에 달려와 거들어 주는 피붙이나 다름없는 둘도 없는 친구다.

막내딸의 혼수이불은 양단으로 수동댁이 손수 마무리를 지었다. 수동댁의 손에서 꼼꼼하게 기워지고 있는 예비신랑신부의 원앙금침은, 보고 있는 아낙들의 탄성을 자아냈다. 사돈댁 어르신들에게 드릴 보료와 여유있게 요이불을 만들어 보낼 요량으로 손놀림이 빨라진다. 명주솜을 도톰하게 넣어 탐스럽기까지 한 원앙금침이 완성되었다.

"성님, 순임이는 좋겠소! 요렇고럼 바실바실하고 이쁜 솜을 간추려 이불을 맹글었응께 시집가서 잘 살 것그만요. 요놈의 이불과 요를 봉께로 벼란간 나가, 시집 두 번은 더 가고 잡소."

"금반댁을 누가 델꼬 가겄는가. 젊은 숫처녀들이 쎄고 쎈 세상인디……"

동복댁이 한마디 거들자, 아낙들이 한바탕 푸하하핫 웃음보를 터뜨리고, 누군가 구성진 노랫가락을 뽑았다.

"딸아 딸아 막내딸아
어서 크고 대피거라
국화장석 걸어 주마

도리농에 국화장석 걸어주마

딸아 딸아 양념딸아

곱게 커서 시집갈 때

오동나무 도리농에

국화장석 걸어주마"
(전래민요 화순군청 참조)

"어매, 봇들댁은 수동 성님 속도 모리요?"

"써글. 저 여핀네가 시방, 그 노래가 나와야 쓴가?"

"옴마, 무서라. 성님 그믄 이거슨 어떳소?"

"바람이 불고 비 오신 날에

님이 오실 줄 누가 아나

바람이 불어도 비 오신 날에

님이 오실 줄 누가 아나

바람이 불어도 쓰러진 님

비가 비바람 분다고 일어나리

아니 아니 아니 노지는 못하리라

뚱강이 당당 뚜리뚜리 당당

아니 노지는 못하리라

얼씨구 절씨구 지화자 좋네

올씨구 절씨구 지화자 좋네"

"어떻소. 성님?"

"노래 반토막은 어디 잘라 묵고?"

"잊어뿌렀제라. 내 모리로 어쩌 그걸 다 기억한다요. 요것도 엄청 대그빡을 굴렸그만."

입심 좋기로 소문난 봇들댁이 웃자고 된소리를 내어 말하자, 아낙들이 데굴데굴 구른다.

"어매 어매 성님 오네

반달 같은 성님 오네

내가 무슨 반달인가 초승달이 반달이지

엊그저께 시집온 각시 새벽달에 일어나서

시앞 문을 반만 열고

시앞 문을 반만 열고

시아버지 인나시오

넘의 아버지 다 일났네

울 아버지 늦었구나

시앞 문을 반만 열고 시어머니 일나시오

넘의 시어머니 다 일났네

우리 시어머니 늦었구나

아랫방을 반만 열고 시누아씨 일나시오

머슴놈아 일나거라 넘의 일꾼 다 나간다

우리 일꾼 늦었구나 예끼 오살놈아"
(전래민요 화순군청 참조)

누구랄 것 없이 한 목소리로 노래를 불렀다. 맵기가 땡
고추보다 더한 시집살이였다. 합창을 하듯 노래하는 심
정이 이심전심이다. 목청이 절로 높아지는데 자신들이
들어도 눈물나게 서러운 시집살이 문턱을 잘도 견뎌왔
구나 싶다. 시집살이노래, 길쌈 노랫가락을 뽑아낸 아낙
들이 대청마루에서 마지막 이불솜을 기우고 있다. 그때,

"어머이!"

뜻밖에 종숙이 대문을 들어선다.

윗동네로 시집간 큰딸이 아닌가. 수동댁이 화들짝 반
가운 마음에 팔을 벌려 종숙을 안아주려다 사랑채에서
두 모녀를 쳐다보는 시선을 느끼고 그만 반가운 표현도
짐짓 거둬들인다.

종숙은 좀이 쑤셔서 집에 있을 수가 없었다. "시집을
가면 그 집 귀신이 되라"는 말을 귀에 못이 박히도록 누
누이 들었지만, 곧 막냇동생의 혼례가 있을 친정이 대사
를 앞두고 어떤 상황인지 못내 걱정이 되었다.

"느그 친정집에는 빨치산이 소도 끌고 가서 잡아 묵고, 쌀가마니도 즈그들 맘대로 내간다 하더라. 부잣집 재산도 빨치산들이 거덜내면 남아 있을랑가?"

시어머니가 혀를 끌끌 차며, 자신의 친정 이야기를 하고나서부터는 마음이 콩밭에 가 있었다. 밭일을 하는 척하면서 종숙은 시어머니에게 호되게 야단맞을 것을 각오하고 친정으로 향했다. 종숙은 수동댁을 도와 막냇동생 혼사를 잘 치러 주고 싶은 마음이 굴뚝같다. 오빠네는 조카 둘을 낳고 오붓한 가정을 꾸렸으니 더할 나위 없고, 담양의 종례도 시댁이 있어 어쨌든 의지할 데가 있으니 큰 걱정거리는 없다. 하지만 어린 막냇동생이 난리북새통에 떠밀리듯 시집을 가게 된 것 같아 마음에 걸렸다.

"종숙아, 어여 시댁으로 돌아가그라. 네 사부인도 펄쩍 뛸 일이지만, 할아버지 아시면 불호령이 떨어질 거 아니여? 여그 일은 잊어 불고 너나 잘 살아야제."

"……"

"제아무리 험한 세상이라 혀도 정신줄을 붙들고 네 할 일만 생각해야 헌다. 고것이 이 에미를 도와주는 것이여. 이것아."

"어머이! 어머이까지 왜 그싸요. 나가 못 올 곳에 왔다요? 시집간 딸이 즈그 집에 오는 거시 뭔 죈디, 오는 것도 안 되고, 오메 징하요. 딸이 뭔 죄다여."

토라진 종숙은 걸터앉아 있던 마루에서 일어났다 앉았다가 좌불안석이다. 어머니 말이 옳다. 그리고 할아버지 김생원의 대쪽 같은 얼굴을 대면하고 친정에서 단 하룻밤인들 묵어 갈 수 있을지 알 수가 없다. 자신은 한갓 출가외인일 따름이었다.

때마침 순임이 대문을 들어섰다. 종숙의 눈에 어느새 핑그르르 눈물이 고인다. 시집을 가기 전까지 막냇동생 순임을 돌보는 일은 큰딸인 자신의 몫이었다. 엄마 같은 언니 노릇에 익숙해져 있어서 아직 솜털이 보송보송한 막냇동생을 보는 것만으로도 가슴이 미어져 온다.

후다닥 수동댁이 종숙 앞을 가로막고 서서 순임을 부른다. 수동댁의 목소리에는 당황함이 역력했다.

"아가, 정재에 가서 물 한사발 떠 오니라잉."

"예."

대청마루로 향하던 순임이 종숙을 미처 보지 못하고 부엌으로 발길을 돌리자, 수동댁은 종숙의 등짝을 두들기며 낮은 소리로 재촉을 한다.

만감이 교차하는 혼수준비

"어여, 싸게 가드라고. 큰 대사 앞두고 집안 분란 일으키지 말고 말이여. 니가 어매 말 안 들으면 상수 에미가 뭐라 하겄냐? 싸게 일어나! 순임이 얼굴 볼 생각일랑 말고 어여 어여 싸게 가야. 널 보면 순임이 울고불고 할 거 아녀?"

수동댁이 반쯤 사색이 되어 자신을 다그치는 게 야속했지만 종숙은 발길을 돌린다. 엄마 수동댁의 말이 하나도 틀리지 않다. 딸보다 중요한 것이 집안이요, 아들보다 못한 출가외인이었다.

자신도 시집살이가 고될 때마다 도망치고 싶다가도 친정집을 욕보이지 않으려고 애쓰는 인습에 젖은 사람이 아니던가. 지금까지 수동댁의 다그침이 없었다면, 자신은 시집살이를 견뎌내지 못하고 뛰쳐나오고 말았을 것이다. 뛰쳐나온들 돌아갈 곳 없는 게 출가외인이 처한 세상이다. 집안 망신을 시켜서도 안 되는 것이다. 스쳐가듯 막냇동생을 본 것으로 위안을 삼으며 종숙은 발길을 돌렸다.

초행, 신부의 향긋한 살내음

신랑이 사모관대로 장속하고 나서자, 근엄한 신랑의 품위보다는 꼬마신랑의 귀여움이 배어나와 보는 이로 하여금 미소를 자아냈다. 호기심 어린 말을 보태는 사람도 있었다.

"저리 어린 신랑이 신부와 하룻밤을 어찌 보내누!"

"아들을 쑥쑥 낳아야 할텐디, 저 애리한 몸으로 밤일은 제대로 허겄는가?"

하하하~ 웃음이 터지는 가운데

"어이, 이 사람들. 작은 고추가 맵다는 말도 안 들어 봤는가? 허우대만 멀쩡하다고 다 되간디? 혹 알어? 순임이 신랑이 자식 열을 낳을지……"

봄이 오는 나들목에서 바람은 봄을 밀어낼 태세로 간간히 냉기를 쏟아 부었지만, 하늘이 도왔다 싶으리만큼 혼례식 전후로 날씨가 맑았다. 순임이 혼례를 치르는 날은 부드러운 햇살이 혼례 준비에 분주한 사람들의 등줄기를 따사로이 간지럽혔다.

　전통혼례의 풍속대로 신부집에 초행 온 신랑이 혼례를 무사히 치렀다. 마을사람들과 일가친척들이 지켜보는 가운데 시골마을에서 보기 드물게 순임의 혼례식이 성대하게 치러진 것이다.

　찬모가 신부의 겉옷을 벗겨 주고 방문을 나가자, 순임은 이불자락을 조물거리고 있을 뿐, 수줍어 몸 둘 바를 모른 채 앉아 있다. 신랑도 수줍기는 마찬가지여서 신부의 족도리를 벗겨 줄 생각은 않고 천정만 멀뚱히 쳐다보느라 눈만 꿈벅인다. 신랑신부를 위해 곱게 치장한 신방의 뽀송뽀송한 이부자리는 하늘의 하얀 뭉게구름처럼 벙긋벙긋한데……

　덜그덕, 쨍그렁~

　신방 구경꾼 중, 누군가 복돌이 밥그릇을 밟았는지 쨍그렁거리는 소리와 함께 바깥이 소란스러워졌다

"쉿, 조용히 안 허냐 시방."

약간의 웅성대는 소리가 있더니 밖은 이내 잠잠해졌다.

"신부 옷고름을 풀어야제라."

방문 밖에서 들려오는 훈수에 용기를 낸 신랑이 순임이 옷고름을 잡아당겼다. 옷고름이 풀리다 만다. 또다시 멀뚱하게 천정만 바라보는 신랑

"신부를 가슴팍으로 넘어뜨려야 한당께요."

"신랑이 꼼짝 않고 있어블믄 어쩐다요? 우린 침이 다 말라불그만 시방."

창호지를 뚫어 방안 구경을 하던 이들이 킥킥대다가 조바심이 나는지 한숨을 짓는다.

"등잔불부터 끄고 신부를 안아야지라."

"음메, 글다가 밤 새불거써요."

신방 너머의 구경꾼들은 애가 달아서 성급한 추임새를 연이어 넣는다.

신부에게서 향긋한 살내음이 났다. 몽롱하게 만드는 묘약이었다. 한손에 쏘옥 들어올 듯 작고 동글한 얼굴은 복사꽃이 핀 듯 어여뻤다. 등잔불은 꺼졌지만 어색하게 앉아 있는 새신랑의 심장이 쿵쾅댄다.

입안이 바싹 탔다. 더는 샌님 같은 소년이어서는 안 되는 것이다. 용기를 내어 신부의 옷고름을 잡아끌자 신부는 수줍은 듯 몸을 뒤로 뺐다. 신부가 앙탈의 몸짓을 할수록 신랑은 신부의 살내음에 빠져들었다.

신랑다루기

　부엌과 마당을 분주히 오가며 동네 아낙들이 음식 준비에 한창이다. 동복댁이 사랑채에 보낼 음식을 변서방 손에 들려 내보내며 옆구리를 쿡쿡 찔러댔다. 넉살좋은 변서방은 못이기는 척, 새신랑이 있는 사랑채의 일을 동복댁 귀에 대고 소곤소곤……

　그러자 동복댁은 한술 더 떠서 변서방으로부터 전해들은 이야기에다가 자신의 질펀한 상상력을 보태어 천연덕스러운 표정연기까지 해주었다. 김씨 집안 남자들과 친구들에 둘러싸여 곤욕을 치루고 있을 사랑채의 동상례를 생각하며, 마음대로 상상의 날개를 펼친 동네 아낙들은 웃음을 참지 못하고 박장대소했다.

김이장은 제일 큰 돼지 한 마리를 잡아 남자들과 함께 고기를 나눠 돌렸다. 그리고 수동댁에게는 막내딸 혼례를 핑계로 마을사람들이 골고루 나눠먹고 남을 수 있도록 음식 장만을 많이 하라고 아내에게 신신당부를 하였다.

김이장부부의 속 깊은 배려 덕분에 일가친척은 물론이고, 이웃들까지 잠시나마 세상의 시끄러운 소리를 벗어나 혼례잔치를 즐기며 한때를 보내고 있다.

아직 어린 소년티를 벗지 못한 열일곱 살 새신랑은 바짝 얼어붙었다. 김씨 남자들과 동네 청년들 틈에 끼어 멀뚱멀뚱 천장을 올려다 봤다가 벽을 봤다가 시선을 어디에 둬야 할지 몰라 낯빛이 새하얗다. 그저 남자가 장가들려면 처갓집 지인들 앞에서 치러야 할 동상례의 고초만 머릿속에 쟁쟁하여 잔뜩 겁을 먹고 있을 따름이다.

어찌나 용을 썼던지 버티고 앉아 있는 팔다리가 저렸다. 등줄기에는 식은땀이 주르르 흘러내려 새신랑의 속옷은 이미 다 젖고 말았다.

동상례東床禮란 신랑다루기로, 신부와 첫날밤을 보낸 신랑을 놀려먹는 일종의 놀이였다. 요를 펴 놓고 거꾸로 새신랑을 매달아 둔 채 지난밤, 꽃 같은 신부를 어떻게 다뤘는지, 짓궂은 질문에 제대로 답을 못하면 발바닥은 호된 고문(?)을 당해야만 한다. 매달린 신랑의 발바닥을 마른 명태로 내리친다거나 심하면 다듬잇방망이로 두들겨 맞기도 했다. 노래를 시키기도 하는데, 동상례는 전통혼례식에 빠지지 않는 행사다.

이렇게 끔찍해 보이는 풍습조차 새신랑을 구경 온 신부측 지인들과 이웃들에게는 사뭇 재미난 볼거리다. 신랑이 첫날밤을 치르고 나면 벼르고 별렀다는 듯이 신랑을 다루는 것이다. 일종의 안방 마당극을 보는 것 같은 재미가 있었다.

어른들 틈에 끼어 동상례를 구경하던 아이들은 매타작 당하는 새신랑이 애처로워 움찔움찔 표정이 일그러진다. 어른들이 간만에 웃음보를 터뜨리며 흥을 즐기는 자리에서 비명을 질렀다가는 내쫓길 판이라, 무섭기는 하나 흥미진진한 볼거리를 놓치지 않으려고 어린 구경꾼들은 입을 틀어막고 자리를 떠나지 않는다.

때때로 신랑다루기인 동상례가 야만적인 행태를 보임에도 전통혼례의 감초 같은 잔인한(?) 절차를 거부하는 신랑은 없었다. 아직까지는.

진한 화장을 한 여자가 농이 잔뜩 깃든 표정으로 술을 따른다. 한복을 입은 여자에게서 달큰한 분냄새가 나는가 싶더니, 짙게 뿌린 분가루에 재채기가 나오려고 코를 간지럽혔다.

"제 잔, 한잔 받으시오. 서방님." 콧소리를 냈다.

그러자 짓궂은 청년들이 더욱 부추겼다.

"아 이것아, 좀 더 간드러지게 혀봐. 그래가꼬 새신랑이 지난밤의 신방 야그를 해주겠냐?"

"사내의 간장이 흐물흐물 녹아져 불게 말이시."

좀 있다고 하는 집안이니, 술 시중드는 여자를 불러서 새신랑을 후하게 접대해 주는 것이다.

장가든 김씨 집안 남자들과 이웃청년들이 느물스럽게 새신랑에게 연신 술잔을 돌린다. 짓궂음을 항변할 길이 없는 어린 신랑은 술에 취한 것인지, 술이 사람을 삼킨 것인지, 거의 인사불성인 상태로 호랑이굴에 앉아 있다. 이 모양 역시도 구경꾼들에게는 재미있는 볼거리 중 하나이다.

"새신랑, 내 잔 한 잔 더 받게나!"

시야에 희뿌연 면상 하나가 가까워졌다 멀어졌다 하더니 아예 사라지고 말았다.

"꼬끼요~"

수탉이 길게 우렁차게 홰를 치며 날아오른다. 나뭇가지의 그림자가 창호지에 드리운다. 서늘한 아침햇살이 넘실댔다. 양쪽 머리를 쪼갤 듯 옥죄는 두통이 몰려왔다. 머리를 두 손으로 쥐어틀고 어떻게든 자리에서 일어나려고 애를 쓰지만 천장이 빙글빙글 돈다.

철퍼덕!!~ 요 위로 도로 널브러지고 마는 새신랑.

잠시 후, 행랑채 변서방이 꿀물을 들고 방문 앞에서 기침을 한 뒤, 들어왔다. 사랑채 서방님 친구들이 어지간히 술을 먹여댔던 모양이다. 요만 하길 다행이다 싶은 변서방이 진지하게 어린 새신랑에게 당부를 한다.

"새서방님. 여그 꿀물 좀 드시요. 그리고 울 순임애기씨를 잘 부탁허요. 맴씨가 비단 같이 고와라. 이 댁의 복덩이입니다요."

새신랑이 중심을 잡으려고 똑바로 허리를 폈다. 그리고 눈에 힘을 주었다. 마주 보이는 벽이 앞으로 왔다가 뒤로 물러간다. 앞에 앉은 나이든 변서방 얼굴이 새신랑의 눈앞에서 뱅글거린다. 자세를 흐트러뜨리지 않으려고 애를 써도 허사였다.

어지러운 중에도 변서방을 똑바로 주시하는 새신랑. 그가 누구였든 간에 그의 당부를 잘 새겨들어야 한다,는 것만은 틀림없었다.

오랫동안 김생원 곁에서 함께한 변서방은 한눈에 새신 랑이 가정교육을 잘 받은 사람이라는 걸 알아보았다.

새신랑은 신부집에서 사흘간이나 흐드러진 대접을 받았다. 집으로 돌아가는 새신랑의 입가에는 뜻 모를 미소가 떠나지 않는다.

차일봉을 감싸며 자욱하게 산등성이를 타고 내리던 안개가 서서히 걷히고, 햇살이 산을 휘감아 돌자 골짜기마다 제 모습을 드러내었다. 청아하게 지저귀는 산새들과 겨울을 꿋꿋이 견뎌낸 산죽과 온갖 나무들이 기지개를 켜는 장중한 산. 용틀임하듯 구름이 내려왔다가 돌아가는 곳, 봄은 이 깊은 산에서 시작되는 것이었다.

그의 귓전에 '복덩어리' 라는 말이 맴돈다. 복사꽃보다 이쁜 순임이 얼굴이 아지랑이 피어오르듯, 눈앞에 아른거리며 흙재를 넘어가는 새신랑의 심장을 꽉 움켜쥐었다. 오, 나의 신부! 순임이 얼굴이 해처럼 떠오른다. 수산리로 가는 하늘에는 두 개의 태양이 불끈 솟아오른다.

바람 앞의 등잔불

사랑채 김생원의 기침은 오늘따라 더욱 메마른 소리를 냈다.

쿨럭~쿨럭~~ 킥킥!

강례마을 남쪽으로 백아산의 산등이 뻗어 나와 있다. 산언저리에 오종종 모여 있는 마을은, 동과 서를 흐르는 동복천이 있고 농사 지을 평지가 펼쳐져 있어 전형적인 농촌마을을 이루고 있다. 언뜻 마을과 잇닿은 백아산을 보면 산촌마을 같지만, 대대로 농사를 짓고 산죽으로 복조리를 만들어 부업을 삼으며 살았다. 주민들 다수가 소작농으로 법이 없어도 살 수 있는 순박한 사람들이다.

일제치하에서도 인심을 잃지 않았다. 서로서로 품앗이를 하며 이웃사촌으로 살아온 것이다. 그런데 송단리에 예전과 달리 낯선 기류가 흐른다. 강례마을까지 이상한 소문이 꼬리를 물고 이어졌다.

　가난한 소작농들과 머슴들, 무지랭이들에게도 살만한 세상이 온다는 것이다. 언뜻 듣기에 천지가 금방이라도 개벽할 것 같은 달뜬 소문이다. 지주들에게 된통 당해 본 소작농들 사이에서, 일만 죽도록 하고 새경도 제대로 받지 못한 머슴들에게 이런 소문은 사람들이 모이는 곳이면 어디에서나 사람들의 귀를 솔깃하게 만들었다.

　하지만 세상이 하수상할 때 무슨 일을 당할지 모른다는 두려움 또한 사람들 내면에 깊숙이 자리 잡고 있었다. 해방 전에도 살 만한 세상이 왔노라며 일제에 붙어 부역을 일삼던 사람들이 친일 매국노라는 손가락질을 받고 곤욕을 치렀다. 지역에서 조리돌림 당한 몇몇에 대한 소문과 지탄이 무성했기 때문에 아무도 입밖으로 드러내놓고 본심을 말하지 않았다.

　하루 종일 강례마을을 뒤덮고 있던 먹구름이 걷힐 새 없이 석양이 되자 어둠은 재빨리 찾아왔다.

잃어버린 계절

앞마당의 나무들이 어둠 속에 몸을 가리고 숨었다. 평소 같았으면 꼬리를 살살거리며 부엌을 넘보던 복돌이마저 제 집에 들어가서 코빼기도 보이지 않는다.

음흠~~

뒷짐을 진 김생원이 사뭇 무거운 걸음으로 대문을 들어선다.

"애비야, 안팎으로 단속을 철저히 해야 되것다."

예사롭지 않은 김생원의 표정을 읽은 김이장은 짐짓 모른 척,

"뭐, 마을 어른들이 머라 하셨습니까?"

저녁 땔감을 부엌으로 나르던 변서방도 땔감사이로 빼꼼히 머리를 내밀며 자신도 어르신의 말씀을 귀담아듣고 있다는 시늉을 한다.

"요새 날도 궂응께, 세상일도 더 그런가. 덕수애비가 백아산으로 나무하러 갔는디 마을 가까운 곳에서 모르는 사내들을 만났더라고 하드라. 우리 고장 말투는 아니라 항께, 암만 해도 외지인들인 모양이제."

한바탕 소나기라도 쏟아낼 듯, 먹빛구름은 거친 바람과 함께 어둑해진 하늘을 빠르게 날고 있다.

멀리 어둠 속으로 제 모습을 감추기 시작한 백아산 산등성이를 올려다보고 있던 김생원의 장탄식이 이어진다.

　"예전에는 간간히 농사일도 거들면서 마을 일도 챙기던 빨치산이었는데 인자 마수를 드러내는 것이제. 시절이 요상해지면 인심도 사나워지는 법이여. 자나 깨나 몸조심, 말조심해야 헌다."

　말을 마친 김생원은 잊고 있던 것이 생각이라도 난듯 아들 김이장을 주시하며,

　"변서방과 서서방 식구들한테 늦지 않도록 새경을 주고 잘 챙겨주어라."

　"예, 아버님. 그렇잖아도 변서방 처갓집이 곤란을 겪고 있다고 혀서, 미곡상에 내다줄라고 둔 쌀가마니와 겉보리 서말을 보냈구만요."

　"그려. 잘했다. 애비가 집안일을 알아서 잘 챙긴께, 이제는 내가 눈을 감아도 걱정은 덜 허것다."

　"아휴, 아버님. 무슨 말씀을 하신답니까? 안 되제라. 아버님이 강건하게 버텨주셔야 요런 난리를 견뎌내고 가지 않겠습니까?"

　강례마을 터줏대감이나 마찬가지인 김생원도, 김이장도 일순간 한숨을 길게 내쉬었다.

마을사람들이 모였다하면 너도나도 할 것 없이 '어느마을, 누가 죽었다 하더라' 하는 숙덕임 뿐이다. 밤사이에 옆 마을의 가축이 털리고, 곡식이 좀 있겠다 싶으면 여지없이 광을 털어갔다,는 빨치산 이야기를 들은 게 사나흘 전인데, 전에 본 적이 없는 낯선 남자들이 마을로 내려와 얼쩡댄다는 게 영 심상찮다. 하루가 멀다 하고 불안한 소식이 이어지고 있어 김이장의 시름도 깊어지고 있다.

　턱밑까지 밀려드는 난리소식에 김이장의 간담이 서늘하다. 아무래도 아들놈을 조만간 사돈댁으로 보내어 어린 손자들을 안전하게 맡겨 둬야겠다고 마음을 다진다.
　면사무소에서 돌아오는 아들 김서기를 볼 때마다 오늘은 무사할까? 조마조마한 세상사가 배포 큰 그에게도 내심 무섭기만 하다. 인민해방을 외치는 이들이 제일 증오하는 대상이 경찰과 면사무소 직원들, 지주와 부자들이라고 하지 않던가!
　조선이 망하고 왜놈들이 짓밟은 세월 동안 한 맺힌 설움을 겪으면서 광복이 되기만을 학수고대했었다. 나라를 되찾고 해방이 되면 더 이상은 험한 꼴을 볼일이 없을 줄 알았다. 하지만 날로 흉흉해 가는 세상인심을 보니 언제 어디서 무슨 일이 터질지 몰라 도무지 손에 잡히는 일이 없다. 혼란한 시국은 언제 끝나려는가. 마음 편하게 농사일에 전념하는 날은 오려는가?

"아이고, 하늘님이여……."

예상치 못한 전쟁

농번기에는 새벽부터 밤늦게까지 온 식구가 동동거려도 일의 끝이 보이지 않는다. 특히 벼 모내기는 손 하나가 아쉬웠다. 김서기 종택은 틈만 나면 모내기 현장에서 팔을 걷어붙였다. 모든 사람들이 숨이 턱에 찰 때까지 논일에 매달렸다. 아이들도 예외 없이 새참내기에 손을 보탰다. 이렇게 해서 면내의 모내기가 거의 마무리되었다.

하지만 농사가 주된 시골의 면직원들은 펜대만 잡고 사무실에서 한가로이 있을 수가 없다. 더구나 세상 돌아가는 일이 날로 안갯속이라 하루하루 긴장의 끈을 놓을 수가 없다.

그동안 쌓인 피로가 한꺼번에 몰려들어 노곤노곤하다.

공휴일이고 하여 대청마루 한쪽에 놓인 목침을 끌어다 목덜미에 괴었다. 내친 김에 모자란 잠을 청하고자 눈을 감았다. 하지만 쉬이 잠이 오지 않는다. 인편으로 전해 들은 순임이 소식이 뇌리에서 떠나지 않는다. 순임이를 생각하면 주먹만 한 게 가슴에 얹힌 듯 짠한 마음을 감출 길이 없다. 서늘한 대청 마룻바닥에 누웠으나, 정신이 도로 말짱해지고 말았다.

일이 있어 봉현마을을 찾았던 동료직원이 얼핏 지나가는 길에 순임이를 봤다는 것이다. "낯빛이 핼쑥한 순임이 큰 함지박을 머리에 이고 논길을 쏜살같이 내달리더라"는……

늘 해맑은 웃음을 띠던 순임인데 오죽 시집살이가 고되었으면 스치며 본 행색마저 형편없었겠나. 시집간 지 얼마나 되었다고. 에휴!

오빠라고 해봐야 그쪽으로 오가는 사람 편에 간간이 막내 순임이 소식을 듣는 것 밖에 할 수 있는 일이 없다. 종택은 되도록이면 사돈댁에서 들려오는 이야기를 수동댁의 귀에 들어가지 않게 하려고 입단속을 하고 있다.

이내 김서기의 복잡한 심정도, 황소같이 무겁게 짓누르는 눈꺼풀을 이기지 못하고 절로 눈이 감긴다.

20일 단오제 행사까지 치르느라 밤낮없이 바빴던 종택은 쉬어도 될 법한데, 밀린 일을 하겠다고 일찍 면사무소로 출근했다. 집을 나선지 얼마 지나지 않아 김서기가 백지장처럼 사색이 되어 헐레벌떡 뛰어 들어왔다.

지게작대기를 막 내려놓던 변서방이 화들짝 놀라 대문 가장자리로 엉거주춤 물러섰다.

"아이고, 아버지. 참말로 난리가 터져 부렀어요. 전쟁이 났대요."

해방 후 나라의 지도층 인사들이 사분오열하고 시국이 어지러웠다. 혼란한 중에 사람들 마음을 조마조마하게 한 그 무엇, 1950년 6월 25일 일요일 새벽, 전쟁이 터지고 말았다.

예상치 못한 전쟁

폭풍전야

붉은 핏방울처럼 몽긋한 봉오리를 들어올린 동백은 팡팡 터뜨려줄 바람을 기다리고 있다. 성미 급한 어린 꽃망울은 지나가는 바람에도 쫑긋거리는데, 장독대를 빙둘러 친 치자화梔子花는 꽃은 고사하고 해산한 여인처럼 기력이 쇠잔해 보인다.

봉산댁이 대문을 열고 뛰쳐 들어온다. 마당을 노닐던 닭들이 놀라 꼬꼬댁~~ 푸드득~!! 달음질치더니 거름더미로 훌쩍 뛰어 오른다. 평소 같았으면 슬금슬금 사랑채부터 살폈을 봉산댁이 엄한 김생원도 아랑곳하지 않고 황급히 마당을 가로질러 부엌으로 내달렸다. 수탉만큼이나 괄괄한 성격의 봉산댁 고무신이 벗겨질 지경이다.

"성님 큰일났당께요. 당장 며느리와 손자들 봇짐 챙겨서 친정으로 내보내야긋소. 옆 마을도 불질렀답디어. 시방 세상이 어쩔라고 이런다요."

숨을 헐떡이며 전후사정 없이 그저 피난시켜야 한다는 봉산댁의 말을 듣는 수동댁은 정신이 하나도 없다.

"울 아그들도 벌써 보냈당께요. 빨랑빨랑 서둘러야 혀요. 글고, 빨치산한테 짐승을 뺏기믄 동조세력으로 오해를 받는다고 합디다. 성님, 곳간 간수 잘혀요. 지금까지는 빨치산 고것들이 고분고분 곡식과 짐승을 가져 갔는디, 토벌대가 기세등등 항께 갸들도 악에 바쳐 '반동분자'라고 동네 사람들을 죽여뿐다요."

속사포 쏘듯 숨 넘어가게 말을 토해내던 봉산댁이 금세 마당을 벗어나는가 싶더니, 어느새 대문을 벗어났다.

봉산댁이 시야에서 사라지고, 수동댁은 털썩 그 자리에 주저앉고 말았다.

"이를 어째, 아부지 어떡해요."

오고야 말았구나. 기어코 오고야 말았어. 마을에서는 촉이 있고, 사리분별 있는 아낙으로 알려진 수동댁이지만 설마하니 강례마을까지 불통이 튈까 예상도 못했다.

수동댁 마음이 길을 잃고 우왕좌왕이다. 이걸 어쩌나, 종택은 나라의 봉록을 먹는 사람이니 면사무소에 남아 근무를 해야한다. 집안의 귀한 외아들이지만 종택을 피난 시킬 도리가 없다. 며느리와 어린 손자들이라도 겸면 평장리의 사돈댁으로 보내야만 한다.

　반닫이에 넣어둔 보자기를 꺼냈다. 돌아오는 설 명절에 손자들에게 입히려고 수동댁이 손수 목화솜을 넣어 정성들여 누빈 옷들이다. 설빔 보자기를 풀자, 와르르 옷이 쏟아졌다. 겨우내 입을 손자들의 옷을 주섬주섬 챙기는 수동댁의 손이 달달 떨린다.

　어느 마을에서는 남자들, 부녀자들 심지어 아이들까지 우리 군경이 쏜 총에 죽었다는 믿겨지지 않는 소문이 돌았다. 백아산에 전남도당본부를 꾸린 빨치산들이 끈질긴 저항을 이어가자, 동네 주민들의 부역이 없이는 불가능하다고 판단한 군인들은 빨치산에 협조한 자들을 색출하겠다고 얼토당토 않는 방법을 써서 사람들을 골라냈다. 빨갱이를 찾겠다고 혈안이 된 군인들이 부역자로 의심되는 맹리 주민들을 즉석에서 총살했다는, 도저히 믿을 수 없는 허무맹랑한 소문이었다.

수동댁은 소문이라고 믿고 싶었다. 나라를 지키고 백성을 지켜야하는 군인들이 대명천지에 애문 사람들까지 즉석에서 쏴 죽일 리가 있을라고? 그럴 리가 없다. 그럴 리가…… 암만.

강례마을에서 제일 넓은 집을 가진 수동댁은 오십 마지기 가까운 논밭을 일구었다. 이장 남편과 면서기 아들까지, 인심을 잃지 않는 부농으로 살아왔다. 그런데 전쟁의 혼란한 틈에 꼼짝없이 군경에 죽던지, 인민군에 죽게 생겼다. 그것만이 아니었다. 이런 난리북새통에 주인집에 앙심을 품은 머슴들이 야심한 밤을 타서 지주부부를 살해하고 빨치산 소행이라고 덮어버린 경우까지 생겨나고 있다는 소문이다. 죽고 죽이는 와중에 죽인 자가 입을 다물면 빨치산이 죽였든, 원한을 가진 자의 손에 죽었든 어떻게 밝혀지겠는가? 죽고 나면 모든 게 끝나는 것이다. 혼돈의 무서운 세상이다. 언제, 누구에게 변을 당할지 아무도 모른다.

전쟁 전부터 김이장의 넓은 집은 반 강제적으로 빨치산이 자신들의 본거지로 삼는 바람에 비록 비자발적이었지만 부역이 아닌 부역이 된 셈이다. 빨치산들이 소문의 괴뢰도당처럼 처음부터 아주 무례한 것은 아니었다. 그들도 나름대로의 명분이 있었다. 부자와 지주의 착취에서 벗어나 머슴, 상놈, 지식인 할 것 없이 인민을 위한 차별없는 세상을 만든다는 명분이었다. 그들에게 투쟁은 인민을 위한 정의로운 투쟁이고, 바른 신념이었다. 그런 명분을 가진 빨치산이 김이장네 가족을 무턱대고 괴롭힐 수는 없었다.

하지만 수동댁에게 그들은 같잖은 존재였다. 그들이 모였다하면 입버릇처럼 모두가 평등한 세상이 올 것이라는 꿈같은 이야기를 해댔다.

빨치산 선생쯤이나 되는 이가 그럴싸한 말로 궤변도 논리정연히 설득하면, 누구나 귀가 쫑긋해질 언변이어서 그들의 궤변에 휩쓸리지 않을 재간이 없다. 결국 감언이설에 속아 일하다말고 곡괭이를 내던지고 따라간 머슴들, 가난한 사람들이 있다는 것이다.

'지독한 왜놈들이 물러가고 해방된 지 몇 해가 지났다고 또다시 인민해방 타령이란 말인가? 조선의 뿌리를 뽑아 백성의 정신을 혼미하게 만든 일본놈들이 원수구나.'

여러 적지 않은 마을에서 남자, 여자, 어린 소년들까지 좌익사상에 물들어 빨치산이 있는 곳으로 이동했다는 것이다. 때로 인간의 신념은 얼마나 어리석고 부질없는 것인가. 공허한 신념은 모래 위에 성을 쌓는 일과 무엇이 다르랴! 그럼에도 혼란한 시기에 지식인들도 무지몽매한 길로 갈대처럼 흔들리며 갔다.

허나 수동댁이 보는 세상은 인간의 이상이 실현되는 유토피아가 아니었다. 만인이 공평한 삶을 영위하고 신분이 평등해지는 낙원은 결코 오지 않으리라는 생각에 변함이 없다. 어떤 나라든 어떤 능력 있는 지도자가 나온다고 해도, 힘없고 가난한 사람들이 살 만한 낙원은 그 어디에도 없을 것이다. 여기 저기 그들을 추종하는 무리들이 늘어나고 있는데, 나라를 뒤덮고 있는 혼탁한 소식은 단번에 조용해질 기미가 보이지 않는다. 이런 와중에 식구 하나라도 변을 당하게 되는 것은 아닌지, 불안을 떨치지 못한 수동댁의 손이 파르르 떨린다.

오늘 짐 보따리를 싸서 며느리와 손자들을 사돈댁으로 보내고 혹여 동지가 지나서도 손자들을 못 보게 되는 것은 아닐까? 아니 영영 손자들을 만나지 못할 수 있다는 불길한 예감이 수동댁의 마음을 참담하게 훑는다.

수동댁과 같은 아낙이 걱정해 봐야 나아질 게 없는 하루 또 하루가 외줄타기 하듯 위태롭게 지나가고 있다.

시집간 딸들의 안위가 걱정되는 가운데 올 봄 청계로 시집보낸 막내딸이 걱정이다. 순임이 시집간 지 얼마 지나지 않아 전쟁이 터지고 말았으니, 부모와 떨어진 어린 것이 얼마나 놀라고 두려워하고 있을 것인가.

산을 넘어 다른 마을로 오가는 것이 쉽지 않았지만 한 달 전, 수동댁은 잘 빚어둔 정종과, 부드러운 감잎에 찐 증편을 사돈댁으로 보냈다. 5일장을 오가는 옆 마을 장돌림에게 부탁한 것이다. 그런데 가타부타 들려오는 말이 없다. 막내딸 시집에 무슨 일이 생긴 것은 아닌지……

장돌림이 제대로 사돈댁을 찾아 들렀기나 하는지, 여태 장돌림조차 소식이 없으니 어디 물을 데가 없어 발만 동동 구르는 심정이다. 큰아들에게 물어도 그저 별일 없다는 시큰둥한 대답만 할 뿐, 순임이 어떻게 지내는지 근황을 듣지 못한 수동댁의 애간장만 녹는다.

대숲으로 기울기 시작한 해는 서늘한 기운을 뿜어냈다. 치열한 전투가 오가는 백아산은 육중한 문이 닫히듯, 어둠의 장막에 덮인다.

하루도 편할 날이 없는 송단리 사람들에게는 밤은 안식이 아닌 공포의 시간이다. 환한 대낮은 군경으로 이뤄진 토벌대의 세상이었지만, 북면의 밤은 백아산지구 빨치산이 지배하는 시간이다.

토벌대가 박격포를 쏘며 공세를 펴자, 빨치산들이 어둠을 틈타 이동하거나 마을로 내려와 강제로 가축과 양식을 탈취해 갔다. 사람들은 먹고 살기에도 힘든 마당에 군경의 눈을 피해 산을 내려오는 빨치산에게 어떤 형태로든 협조하지 않으면 해코지를 당하는 절박한 상황이라 주민들이 겪는 곤란은 이루 말할 수 없었다.

주민들은 생존을 위해 이러지도 저러지도 못하면서 사람들 사이에 편이 갈리기 시작했다. 가진 자들만 위한 세상은 바뀌어야 한다,는 공평한 세상에 대한 환상을 가진 일부 주민들이 빨치산에 자발적으로 협조하자, 서로를 의지해 살아오던 순박했던 사람들 사이에 미묘한 대립과 반목이 생겨났다. 함께 살아온 이웃이 오늘의 적이 되는 것은 파괴자 전쟁의 본 얼굴이다.

백아산 토벌대와 빨치산

위태위태하던 시국에 전쟁이 발발했다. 하지만 낙동강까지 밀려났던 국군이 극적으로 9월 15일 전개된 유엔의 인천상륙작전에 힘입어 서울을 탈환했다는 소식이 전해지자, 낙동강에서는 치열한 전투가 이어지고 있었지만 사람들은 패닉 상태의 두려움에서 한시름 놓이게 되었다.

하지만 유엔군의 집중포화가 이어지자 9월 말 인민군이 퇴각을 하면서 전남도당은 무등산과 이어지는 백아산을 전략요충지로 삼았다. 하필이면 화순군 북면 용곡리 산기슭에 전남도당본부를 차렸다. 전쟁은 서로를 죽이고 죽는 잔인한 현실이었다. 퇴각하는 인민군들과 좌익활동을 하던 자들이 무수히 많은 무고한 사람들을 죽이는 참혹한 일이 빈번하게 일어나고 있었다.

　한편 화순읍 수복작전에 성공한 11사단 20연대는 대대적인 공격을 퍼부었다. 군경은 어느 정도 치안을 확보한 다음에 반란군들이 이용할 만한 주변 마을의 인적, 물적 자원을 모두 없애버리기로 했다.

　빨치산과 토벌대간의 밀고 당기는 전투는 다음해에도 계속 이어졌다. 백아산지구를 맡은 토벌대가 빨치산의 은신처가 될 만한 곳이면 죄다 불을 놓았다. 낮에는 토벌대가 밤에는 빨치산이 엎치락덮치락 하면서 전투를 벌였다. 군경 토벌대가 옥죄어 올수록 백아산지구 빨치산과 대치가 극렬해지자, 애꿎은 마을 주민들만 고스란히 고초를 당하고 있는 것이다. 어느 쪽도 마을사람들의 생계나 안위에 힘쓸 여력이 없었다.

　"에효, 하늘도 무심하시지. 농사랍시고 입에 풀칠하기도 빠듯하니 세상이 말세다. 말세여!"
　시커먼 낯빛의 똥장군 추서방이 흘끔 김이장을 쳐다보며 오만상을 찌푸렸다.

"땅뙈기 하나 없이 메마른 삶을 살아왔는데 이제 어깨를 펴고 살 만한 세상이 오는가 싶더니 난리로 애꿎은 사람들만 죽어나가다니……"

추서방의 한숨 같은 마른 먼지바람이 휘리릭 불었다.

사랑채 마루에 걸터앉아 넋을 잃고 있던 김이장은 추서방의 긴 한숨소리를 들으며 자리에서 일어났다.

집 안팎을 둘러보았다. 가을걷이 끝에 사람들로 북적였을 마당에는 버짐 핀 아이의 낯빛 같은 햇살이 쓸쓸하다. 언제쯤 미치광이 전쟁이 끝날 지 알 수 없지만, 우물가의 동백은 어김없이 붉은 꽃송이를 팡팡 불꽃처럼 터뜨려 주겠지…….

"암만, 그래야지. 살 놈은 살아 남아야제."

늦가을 마당에는 피었다진 꽃들과, 햇살에 기대어 피어보려고 몸부림치는 꽃들이 어지럽다. 전쟁이 나고 모든 것이 엉망이 되었다. 가을의 풍요로움은 사라지고 온갖 난리 소식을 듣다보니 주름처럼 시름만 깊어간다.

"아버지, 이제 어쩐대요?"

오늘따라 아버지 김생원의 빈자리가 더 크다. 짤막한 그의 넋두리에 김이장의 복잡한 심경이 묻어난다.

며느리와 손자들의 안전을 위해 사돈댁에 보내놨지만 자신이 살자고 이웃을 죽이는 전쟁 중에 거기라고 안전할지 누가 장담하랴. 시집 보낸 딸들의 얼굴이 하나둘 떠오른다. 자식들이 눈에 밟힐수록 몸서리를 치는 김이장, 닥쳐올 일들 앞에 뜻 모를 두려움이 엄습한다.

"울 막내딸이 보고 싶구나……"

그 이듬해, 백아산 아래서 조상 대대로 터를 잡고 살았던 사람들이 이주해 가고 용곡리 용촌마을은 소각되었다.

삼월 중순에는 남면의 마을이 한줌의 재로 변하고 말았다. 도암면 동두산마을도 차례로 불에 타 사라졌다는 소문이 쫙 퍼졌다. 삼월 하순이 되자, 북면의 송단리는 벌건 불길을 뿜어내며 연기와 함께 사라지고 말았다.

내일은 또 어느 마을이 불타서 없어질 것인가! 군경으로서는 마을을 불태워 없애는 것이 작전상 어쩔 수 없는 고육지책이었겠지만, 조상의 산소를 지키며 살아온 마을이 한순간에 사라져버리자 사람들은 망연자실했다. 이제는 이웃도 믿을 수 없는 지경에 이르렀다. 누구를 믿어야 할지 모르는 사람들. 고향을 지키며 살겠다던 소박한 꿈마저 산산조각이 나고 말았다.

사람들은 현실을 직시할 틈도 없이, 이주정책에 따라 인접한 군소재지로 떠나야 했다. 그곳에 친척이 있는 이들은 그나마 다행이었다. 자식을 키우며 살아온 집이 한순간에 불태워진 주민들의 삶은 피폐해져 갔다. 자욱한 연기가 마을을 시커멓게 뒤덮어 버렸듯이, 흉흉해진 민심은 이리저리 흔들리고 또 흔들린다.

뜸북 뜸북 뜸북새
논에서 울고
뻐꾹 뻐꾹 뻐꾹새
숲에서 울 제
우리 오빠 말 타고 서울 가시면
비단구두 사가지고 오신다더니
뻐꾹 뻐꾹 앞산에도 뻐꾹, 뒷산에도 뻐꾹

송단리 사람들이 떠난 빈자리에 여름은 무심히 왔다. 샛노란 장다리꽃이, 붉은 자운영이 끝 간 데 없이 처연하게 피어났다. 골짜기에서 들려오는 뻐꾸기의 구슬픈 울음은 살아남은 이들의 울음인 계절. 밟히고 또 짓밟힌 삶의 핍절한 서러움이 한층 더해진다.

토벌대가 질러댄 불은 야트막한 산들을 하루가 멀다 하고 태웠다. 하지만 머잖아 산의 나무에 물이 오르고 진해지면, 빨치산의 은거지를 불태워 없애는데도 애를 먹을 것이다. 그렇게 되면 빨치산은 군경의 계획대로 소탕되지 않고 오래도록 백아산지구를 사수하게 될테고, 토벌대와 빨치산의 치열한 대치가 길어질수록 사람들이 겪을 고초는 상상하기 힘든 마음의 상처를 남기게 될 것은 자명한 일이다.

　이 난리의 결말이 어찌될 것인가. 총 한 자루 손에 쥐어본 적 없던 사람들이 살아남기 위해 서로를 죽이고 죽임을 당하는 비극은 전쟁을 빙자한 악마의 살육이다.

마른하늘에 날벼락

어린 새댁 순임은 하루 종일 잰걸음을 해도 줄지 않는 집안일이 버겁기만 하다. 농사일도 많거니와 걸핏하면 시어머니의 이유를 알 수 없는 불호령이 떨어졌다. 부엌 부뚜막에 걸터앉아 밥숟가락을 뜨다가도, 어른들 기침만 들려도 냅다 안채로 뛰어다녀야 했다.

시어머니 덕산댁은 호리호리하고 작은 몸집 어디에서 나오는지, 앙칼진 목소리는 마른 쇠솥을 훑는 것처럼 어린 순임이 숨을 꽉 틀어막았다. 시아버지라고 다르지 않았다. 불같은 성미에 호통을 치면 오금이 저렸다. 그나마 향교 일을 하시는 이유로 늘 문 밖에 계셨는데 간혹 집안에 평지풍파를 일으키는 장본인이기도 했다.

학식 좀 있고 힘깨나 쓴다는 남자들이 그랬듯이, 잊을 만하면 여자 문제가 불거졌다.

친정집의 가풍과 다른 시가에 적응하기가 쉽지 않다. 한치 앞을 내다볼 수 없는 시절, 집안 어른들의 결정을 좇아 결혼을 했으나, 안팎으로 많은 집안 대소사에 치여서 뒤죽박죽인 하루가 어떻게 지나가는지 어린 새댁으로서는 정신을 차릴 틈이 없다.

고된 순임이에게 위로가 되어 주는 것은 남편이었다. 집안에서는 "장손은 집안을 지켜야 한다"며 한학만 가르쳤을 뿐이지만, 남편은 어느 누구보다 부지런했다. 향교 훈장인 할아버지와 집안을 일궈가는 일등공신이었다.

남편은 농사일 외에도 쉴 틈 없이 일했다. 논일을 하는 틈틈이 산에 올랐다. 남보다 부지런하다 보니 얻는 게 많았다. 태풍에 쓰러진 나무와 해충 피해로 고사 직전인 나무는 베어 산자락에 차곡차곡 말려두었다. 겨우내 쓸 땔감을 준비하는 것이다. 산을 내려올 때는 불쏘시개로 쓸 마른 솔가지를 챙겨오는 것도 잊지 않았다.

장손인 남편에게는 하루해가 짧았다. 남편은 하루의 고된 일을 마치고 밥상에 숟가락을 내려놓고 아무데나

머리를 기대면 몇 초가 지나지 않아 그르렁~ 그르렁 푸~ 된숨을 몰아쉬며 잠이 들고는 했다. 그렇게 지쳐 쓰러져 잠든 남편의 등을 쓰다듬어 주는 순임, 우직스럽게 착한 남편을 의지하여 하루 또 하루를 살아냈다.

가을걷이를 마친 농촌은 한 폭의 그림처럼 평화롭다. 굴뚝의 연기가 피어오르는 석양은 엄마의 품처럼 따사롭고 포근하다. 하지만 농촌의 아낙들에게는 긴긴 겨울, 힘든 길쌈이 기다리고 있다.

허벅지에 실을 비벼대며 삼삼기를 하느라, 반질반질해진 허벅지는 길쌈하는 아낙의 상징처럼 되었다. 연이어 베날기를 하고 베매기를 한다.

눈 내리는 겨울밤의 정취도 앗아가는 베짜기는 밤새도록 촤르륵 탁~ 촤르륵 탁~ 탁, 탁, 실치는 소리가 아낙들의 잠을 쫓았다. 날실 틈새로 씨실이 지나가고 씨실꾸리가 든 북이 다녀올 때마다, 한 줄씩 채워지는 반복적인 작업은 아낙들에게 쉴 틈을 주지 않았다.

농번기와 농한기 할 것 없이 농촌의 생활이란, 아낙들에게 사시사철 25시 지대였다.

순임은 오늘따라 마음이 싱숭생숭하여 도통 일이 손에 잡히지 않는다. 부엌에서도 몇 번이나 사기그릇을 손에서 놓칠 뻔하였다. 평소 느닷없이 떨어질지 모를 시어머니의 불호령은 서슬이 퍼랬다. 그녀가 실수를 하려고 해도 할 수 없게 만들었다. 팽팽한 줄 하나를 당겨놓은 듯 긴장이 이어지고 있기 때문이다. 그런데 새벽 댓바람부터 두서없이 허둥대고 있는 자신을 순임도 알 수가 없다.

아침부터 덕산댁의 카랑카랑 목소리가 귓전에 쟁쟁거렸다.

"야야! 뭐 헌다냐. 내일은 베매기를 해야헌께, 메밀풀을 쒀야 한다고 몇 번이나 말해야 쓴다냐?"

아참, 이걸 어쩨. 메밀풀, 메밀풀……

"네. 어머니."

냉큼 대답은 했지만 나중에 들을 잔소리를 생각하니 아득해진다. 덕산댁이 말한 메밀풀은 베날기를 마치면 그 다음 단계인 베매기에 필요한 풀을 말하는 것이다.

도투마리와 끄싱개를 적당한 간격으로 벌려 놓고, 도투마리쪽으로 겻불을 피워 시나브로 타도록 하고는 베매기솔로 날실에 풀을 발라 도투마리에 감기도록 하는 베매기 작업에 쓸 베매기풀은 된장을 조금 섞어 쑤어야 한다고, 덕산댁이 누누이 주의를 주었다. 순임은 이처럼 중요한 메밀풀 쑤는 걸 깜빡 잊고 있었던 것이다. 하지만 꼭 오늘이 아니어도, 내일 일찍 끓여도 되는 것을 무턱대고 재촉만 하신다.

오늘 동네 어른들의 길쌈 품앗이가 덕산댁 차례였다. 베날기를 하기 위해 일찍 모여든 덕산댁 친구들이 분주하게 움직였다. 요즘처럼 날씨가 좋을 때, 베매기를 하기 위해서다. 삼삼기가 끝난 실을 물레에 올려 타래를 만들었다. 타래의 끝이 날상이 구멍을 지나온 걸 한데 모아 한 필의 길이와 세의 수에 맞춰 베꽂이에 걸어 날실다발을 만드는 중이다. 해가 짧아진 만큼 한결같이 잽싼 손놀림이 노련하고 현란하다.

해가 중천인데 아직까지도 베매기풀을 끓여 놓지 않았다고 덕산댁이 다시 성화를 부렸다.

"베솔은 잘 챙겨 놨냐? 저것 좀 보소. 저 얼굴을 보니 아무 일도 안 해 놨네 그랴. 아이쿠, 저리도 일머리를 몰라서 저걸 어쩌."

이후로도 덕산댁의 한숨 섞인 잔소리는 이어졌다.

베매기 솔은 각시붓꽃 뿌리로 만든 것으로 오래 사용해도 쉬이 닳지 않고 빳빳한 그대로이다. 베매기에 없어서는 안 될 도구다. 시할아버지가 만들었다는 베솔은 또 어디에 있는지 모르겠다. 덕산댁 밑에서 군소리를 들어가며 살림을 배운지 몇 달이 됐지만 덕산댁의 살림살이를 파악하려면 아직도 멀었다.

순임이는 평소에 시어머니가 시킨 일을 빠뜨린 적이 없다. 오늘따라 깜빡깜빡 잊는다. 순임이의 머릿속이 헝클어져 무엇부터 손에 잡아야 할지 두서가 없다. 내일은 하루 종일 베매기를 하는 날이라 정신을 바짝 차려야 하는데 말이다.

스르렁~ 스르렁~

언뜻, 친정집 대숲 소리가 가까이에서 들리는 것 같다. 대숲이 열리면 몰려오던 막연한 두려움이 순임이를 에워쌌다. 대숲의 소리는 언제나 두려운 그 무엇이었다.

시집에서 지내는 동안 대숲의 소리를 들은 적이 없었다. 아니, 들을 겨를이 없었는지 모른다. 심지어 친정엄마 수동댁의 얼굴까지 잊을 정도였으니, 갓 시집 온 순임이 겪고 있는 시집살이의 처지가 얼마나 호된 것이었는지 짐작할 만하다.

"엄마!"

그녀 자신도 모르게 나지막하게 엄마를 불렀다.

"엄마! 엄마!"

왈칵 눈물이 솟구쳤다. 사슴처럼 맑은 그녀의 눈동자에 그렁그렁한 눈물방울이 맺혔다. 이내 또르르 그녀의 발그레한 볼을 타고 흘러내렸다.

살강을 잡고 멍하니 서 있던 순임이는 순간, 정신이 번쩍 들었다. 베매기풀을 끓여야 한다는 생각에 마음이 다급해졌다. 시어머니 덕산댁의 날카로운 목소리가 다시 들릴 차례이다. 그런데 어찌된 일인지 마당에서 아무 소리도 들려오지 않았다. 볕바른 마당에 앉아서 길쌈노래와 함께 남정네 못지않은 걸걸한 농담을 쏟아 놓던 의암 아짐의 목소리도 잠잠하다. 한순간 모든 것이 침묵의 바다에 잠겨 버린 것 같은 고요함이다. 순임이 부엌 밖으로 빼꼼 얼굴을 내밀었다.

"아이고 어째야 쓰까잉."

"어째 어린 새댁이 불쌍해서 어쩌냐."

마당에 있던 아낙들이 "아이쿠야!" 탄식을 터뜨렸다.

순임이는 마당 한가운데 시할아버지와 시아버지가 서 계신 것을 보고 소스라치게 놀랐다. 대낮에 아낙들이 베 날기를 하는 곳에 어인 일이신지, 얼어붙은 듯 그 자리에 멈춰 섰다. 게다가 며느리의 호칭 한번 부르지 않던 시아 버지였다.

"아가!"

대숲에 불던 바람이 멈추면 시퍼런 고요함이 찾아오듯, 그녀 곁에서 불던 바람이 멈췄다.

"저기 화순 쪽을 바라보고 서서 절을 올려라."

"네??"

"지금부터 시키는 대로 네 친정을 향해 큰절을 올리는 것이다."

영문을 모른 채 순임이는 시아버지가 시키는 대로 친 정집을 향해 몸을 돌렸다. 오른손을 왼손에 포개어 이마 에 대고 엎드려 큰절을 올렸다. 멍석에 앉아 두 번의 큰절 을 하고나자 다리가 후들거렸다. 스르렁~ 스르렁 대숲의 소리가 들렸다. 어른들이 일러주는 대로 큰절을 올리고 일어났다. 아래채에 허탈한 표정으로 앉아 있던 시할아 버지가 길게 숨을 들이키고는,

"아가, 마음을 단단히 붙들어라. 네 친정이 있는 북면에 큰 난리가 났다고 들었다. 송단리 너의 친정부모와 오라비가 죽었다고 하더라……"

으흠! 흠!

떨리는 목소리의 시할아버지, 멀리 시선을 두고 있다가 다시 말을 이었다.

"예는 갖춰야 하니 아이고~ 아이고~ 아이고~ 애곡을 해야 한다."

친정식구들이 죽었다는 소식을 전하는 시할아버지의 목소리는 평소와 달리 무겁게 떨렸다. 버럭버럭 화를 내실 때는 차갑기가 얼음장 같던 평소의 시어른들이 아니었다.

"……"

일순간, 순임이 눈앞이 캄캄해지며 세상의 모든 소리들이 연기처럼 사라졌다.

"아이고 이런 난리가 웬일이여? 세상이 난리북새통이라지만 어떻게 한 집안이 몰살을 당한답니까?"

"빨갱이들이 죽었다는 거여?"

"몰르제. 그 동네 부자랑께, 머슴이 죽였는지, 전답을 붙여먹던 놈들이 죽였는지, 또 모르지······."

"토벌대가 마을을 불태우고 총살도 헌다네. 그 손에 죽었는지······ 오메, 무서운 시상이여."

"덕산성님 며느리는 이제 어쩌요? 새댁이 불쌍해서 어쩌요."

덕산댁 길쌈을 도우러 왔던 아낙들이 울음 섞인 탄식을 터뜨렸다. 이웃마을에서 품앗이를 하러 건너온 친척한 분은 끝내 자지러지듯 울음보를 터뜨리고 말았다.

순임이 깨어났다. 볼을 세차게 두들기는 통증에 눈을 뜬 순임, 눈을 들어보니 방안에 자신이 누워 있다. 아차! 베매기 풀을 끓여야 하는데 어쩌자고 태평스럽게 방안에 드러누워 낮잠을 잤단 말인가? 순임이는 정신이 들자마자 자신의 행동이 민망해서 행주치마를 움켜쥐고 벌떡 일어나 앉았다.

"정신이 좀 드냐?"

불같은 화를 내도 시원찮을 시어머니 덕산댁이 순임을 잡아끌어 앉혔다.

"어머니 죄송해요. 제가 얼른 정재에 가서 풀을 쒀 놓을게요."

평소 며느리에게 모질기만 하던 덕산댁이 순임이 손을 붙잡아 자리에 도로 눕혔다.

잠시 후, 순임의 남편이 들어왔다. 아무 말 없이 그녀 곁에 앉은 남편의 낯빛은 넋이 나간 듯, 형언할 수 없는 표정이다. 도대체 자신이 낮잠에 취해 있는 동안 집안에 무슨 일이 있었던 것인가? 순임은 두 모자의 얼굴 표정을 번갈아 훑어본다. 아마도 베매기용 메밀풀을 끓이지 못한 게 단단히 잘못된 모양이다. 속이 타들어간다.

"예동댁, 괜찮소?"

어머니 덕산댁이 밖으로 나가자, 얼른 순임이 곁으로 바짝 다가앉은 남편, 순임이의 얼굴을 요리조리 살펴보며 그녀의 상태를 확인하려고 들었다.

"……"

"예동댁!"

"……"

"암 것도 기억나지 않는다는 말인가?"

"무슨 일이 있었대요?"

아무것도 모른다는 듯 눈을 동그랗게 뜨고 반문하는 아내 순임, 남편은 흠칫 놀랐다. 처갓집의 끔찍한 소식을 전해 듣고 마당 한가운데 기절해 쓰러졌던 아내다. 긴 잠에서 깨어나더니 천진난만한 표정으로 딴소리를 한다. 순임이 얼굴에 자신의 얼굴을 갖다 대었다. 물끄러미 그녀의 안색을 살피던 순임 남편도 대체 어찌된 일인지 알 수가 없어 머릿속이 뒤죽박죽이다.

　북면 송단리 김씨 집안으로 장가든 게 봄이다. 이후 전쟁이 터졌다. 하루가 멀다 하고 난리소식이 들려오지만 해가 지나지 않아 처가식구들이 떼죽음을 당했다니, 더구나 총살을 당했다는 것이 아닌가? 엊그제 본 것처럼 선연한 분들이 돌아가셨다는 게 도무지 믿겨지지 않았다.

　고갯길을 넘어 신행에 함께 하신 분들이다. 막내딸 순임을 봉현마을까지 데려다주시지 않았는가! 또렷한 기억의 어른들의 비보를 듣다니, 이처럼 기막힌 일이 세상천지에 또 있을까! 현실을 받아들이지 못하는 순임은 물론이고, 자신도 두 눈으로 확인하지 않고는 받아들일 수 없는 충격적인 소식이었다.

　이런 와중에 그까짓 메밀풀 하나 때문에 베매기 못하게 될까 봐 전전긍긍하는 아내다. 얼마나 덕산댁이 무서웠으면 저럴까 생각하니 더 안타깝기만 하다.

'우리는 지금 꿈을 꾸고 있는 것일까?' 이 모든 것이 잘 못된 소식이기만을 바랄 뿐이다. 순임 남편, 고개를 절레 절레 흔든다.

"예동댁, 참말로 아무것도 기억나지 않는가? 어른들이 처갓집을 향해 절하라고 했잖은가. 망자가 된 송단리 처 남이랑……"

말을 더 잇지 못하고 울먹이는 남편을 보자, 순임은 어 렴풋이 마당에 엎드렸던 기억이 났다. 하지만 다음 일은 전혀 기억나지 않는다.

"뭔 소리래요? 나쁜 아저씨들이 소와 돼지도 끌어가고 쌀가마니도 실어갔지만 괴롭힌 적은 없었는데."

말수가 적은 남편이 자신에게 이해할 수없는 농담을 하고 있다고 생각했다. 순임이 남편은 울상이 되었다. 처 갓집에 일어난 불행한 현실을 말하고 있는데, 아내는 뜬 금없다는 반응이다.

처가식구들의 죽음은 맨 정신으로 도저히 믿을 수 없 는 일이다. 하지만 이 엄청난 소식을 소문만 듣고 섣부르 게 말했을 조부와 아버지가 아니었다. 처가식구들이 누 구에게 죽음을 당했든, 송단리에서 일어난 일을 전해 준 믿을 만한 누군가 분명히 있었을 것이다.

충격적인 소식을 믿지 않으려는 것인지, 농담이라고 여기고 싶은 것인지······ 명색이 남편인데 자신은 아내 순임을 어떻게 위로하고 다독여야 할지 먹먹하다.

그해가 그렇게 처연히 저물어 갔다. 꿈인지 생시인지 모를 숱한 일들이 사람들의 마음속을 사정없이 할퀴고 지나갔다. 갓 시집온 순임은 그해 겨울에 일어났던 일을 전혀 기억하지 못했다. 그리고 아무도 그 일을 입에 올리지 않았다. 다시는······.

봉현마을은 통명산 아래 깊숙이 자리하고 있는 작은 마을이라 소문은 아주 더디 오갔다. 아니 소문이 돌아오다 길을 잃었는지도 모른다. 바깥에서 일어나고 있는 전쟁의 아수라장 그 치열한 소식마저 풍문으로 드문드문 듣는다. 전쟁을 비켜 서 있는 것 같은 평범한 일상이 이어졌다. 그러나 전쟁이 해를 넘기고 또 해를 넘겨 계속되었다. 몇몇 마을 청년들과 장가든지 얼마 안 된 옆 마을 청년이 이상한 사람들의 꼬드김에 솔깃해 따라갔다더니, 아무 일 없이 되돌아온 것 외에는, 마을 출신 중에는 죽은 사람도 반란에 가담한 사람도 없었다.

깨복쟁이 친구들 시집오다

화순군 북면사무소가 불타버리자 임시로 이서면 월산리로 옮겨야했다. 전쟁은 무자비했다. 담양에 인접한 맹리에서는 군인들이 빨치산에 부역한 혐의를 받던 이들을 남녀노소 가리지 않고 즉석에서 총살해 버린 끔찍한 일이 일어났다. 불행하게도 빨치산에 가담했거나 협조가 의심되면, 군경이 민간인도 마구 죽이는 일이 일어나고 있었다. 옳고 그름, 정의와 불의의 경계가 모호해진 혼돈의 시대였다.

모든 사람이 사람답게 사는 새 세상에 대한 바람은, 농사가 주된 사회에서 자기 땅을 가져 보지 못한 사람들에게는 귀가 솔깃해질 뉴스였다.

가뜩이나 혼란스러운 정세를 부정적으로 바라보는 사람들을 좌익사상에 빠져들게 했다.

한편 군경과 토벌대는 생존형 부역자가 늘고 있다고 판단하여 백아산지구 빨치산의 근거지로 이용될 만한 마을과 산을 아예 불태우기에 이르렀다. 군경은 북면과 잇닿은 담양이나 곡성으로 이주하도록 주민들을 종용한 뒤, 마을들을 소각해 버렸다. 친인척이 있는 인근 군소재지로 이주한 주민들과 달리 대대로 살아온 마을에 남겠다며 타 지역으로의 이주를 거부한 주민들의 저항에도 불구하고 반강제적인 행정조치를 취한 것이다.

밤낮으로 군경과 빨치산의 밀고 당기는 전투의 제일 큰 희생자는 주민들이었다. 자칫하면 빨치산에 의해 반동으로 몰살될 수도, 군경에 의해 부역자로 처단될 수 있어서 아슬아슬하게 이어진 날들이었다. 주민들은 이제 자신들의 운명을 하늘에 맡기는 수밖에 없다고 토로하는 지경이었다.

끈질기게 저항하는 백아산지구와 대치하느라 예민해진 군대와 경찰도 독이 오를 대로 올라있었다. 그러나 자신들의 생존보호를 위해 이승만 정권을 떠받치고 있던 친일경력의 경찰들은 지긋지긋한 전투에서 토벌대 차출을 피해 슬금슬금 꽁무니를 뺐다. 그러자 경찰서에서는 토벌대 선발을 윤번제로 하여 순경들이 돌아가며 참가하도록 의무를 부여했다. 그만큼 백아산에 은거한 빨치산의 저항은 만만치 않았던 것이다.

전쟁이 발발한 이듬해 봄, 북면의 마을들이 불타 없어지자 순임이 친구들이 통명산 아래로 피난을 왔다. 그리하여 봉현마을 어른들이 짝지어 준대로 혼례를 치르고 각자 가정을 이루었다. 그녀들은 이곳을 제 2의 고향으로 여기며 살았다.

"순임이는 복이여. 동란이 터지고 고향은 을메나 난리굿이었당가. 몸서리쳐지는 험한 꼴을 눈으로 안 봐도 됐응께, 복덩이란 말이 틀림없당께."

양동댁이 손가락으로 쉿! 입을 가린다.

"야야! 수동 아짐이랑 돌아가시고 오빠까정 죽고 말았는디, 거다 대놓고 복이라고 말하면 안 되제."

"하긴 복인지 불행인지 모르겠다. 불행 중 다행이라면 올케 언니가 두 아들을 데리고 친정에 피신해서 살아남은 거제. 졸지에 천애고아가 된 순임이가 불쌍허네."

"천애고아는 아니여. 언니 둘이 있응께. 하기사 친정 언니가 둘이면 뭐 허것냐. 시집간 출가외인들끼리 언제 볼 새나 있을랑가?"

그랬다. 그녀들의 말대로라면 부모 생전에 축복을 받으며 전쟁 전에 시집온 것이 다행이요, 복이었다. 반면 치열한 전투 중에 총 들고 싸운 것도 아닌데 친정식구들이 총살을 당한 것은 예사로이 일어나는 일이 아니었으니 불행 중, 아주 큰 불행이었다. 더구나 그날 이후로, 순임은 돌아갈 친정이 사라지고 없었다. 시어머니의 혹독한 시집살이를 피할 데가 없는 천애고아나 다름없게 된 것이다. 순임에게 출가한 언니 둘이 있었지만, 피붙이 자매들이 만나 혈육을 잃은 슬픔조차 나눌 수 없었음은, 전쟁 중인데다 출가외인이라는 강고한 인습에 갇혀 어쩌지 못했다.

맵디매운 시집살이

어느 날 밭일에서 돌아오자, 덕산댁이 험상궂은 얼굴을
하고 다짜고짜 목청을 돋웠다.

"이것아, 보자보자 하니 도둑질도 허냐, 이것아."

시어머니는 걸핏하면 악다구니를 써댔다. 그런데 오늘
은 아닌 밤중에 홍두깨다. 순임은 기함할 지경이다. 도둑
질이라니?

"어머니, 도둑질이라니요? 무슨 말씀이신지?……"

"아, 이것이 어디서 말대꾸여?? 저그 시랑에 올려져 있던
보자기를 가져다 어디다 쌀을 팔아 치웠냐고!"

멀뚱하니 서 있던 순임이 어느새 시어머니에게 낚아채
어 마당에 나뒹굴었다.

"아이쿠, 어머니 제가 뭘 잘못했대요? 저는 도둑질 안 했어요."

"저것이 달린 입이라고 어디서 시방, 거짓말을 하고 그런다냐, 아이고 며늘년이 도둑질을 하고 집안 꼴이 잘 되가는 것이다. 잉!"

그래도 분이 풀리지 않는지, 덕산댁은 순임이 머리채를 잡아끌다 대문 밖으로 패대기를 치고는 대문의 빗장을 닫아 걸어버렸다.

"어머니! 어머니! 문 좀 열어 주세요."

"어머니, 잘못해써라. 문 좀 열어 주랑께요."

도대체 이게 무슨 날벼락이란 말인가? 영문을 모른 채 당한 일이라 황당하고 기가 막혔다. 무조건 잘못했다고 비는 것이 상책이다. 순임이는 딸린 자식들이 있었다. 시어머니가 뭐라 오해를 하든, 열 번을 내쫓아도 꿋꿋하게 버틸 것이다. 덕산댁의 시집살이를 견뎌내지 못하면 돌아갈 친정도 없이 어찌 할 것인가. 자신을 의탁할 데가 없는 순임은 못내 서러웠다.

모진 시집살이에 부뚜막에 앉아 눈물 훔치는 날이 허다했다. 시뻘건 불을 뿜어내는 아궁이 앞에 홀로 앉아 있을 때에야 남몰래 눈시울을 붉힐 뿐, 순임은 이를 악물고 살아내고 있었다. 자식들을 위해서는 그래야만 했다. 삼종지도가 사라진 게 아니었다. 순임이의 생존방식으로 살아났다. 입이 있어도 말하지 않고, 본 것도, 듣는 것도……

슬퍼도 울지 않기로 했다. 몸이 허약한 남편은 농사일만으로도 버거웠다. 그런 남편에게 시시콜콜 내색을 할 수 없어 덕산댁과 부딪치는 일은 일절 함구했다. 세월이 약이었다. 많은 농사일과 자식들을 키우면서 별다른 상념을 갖지 않고 오로지 하루를 사는 것에 익숙해져 갔다.

나뭇짐을 지고 경사진 골목을 올라오는 순임이 남편을 불러 세운 이는, 다름 아닌 아버지의 첩실이었다.

"보소, 보소. 자네는 시방 각시가 뭔 일을 당하고 사는지 알고나 있는가?"

"……"

"이 사람아, 엊그제 밥상을 챙겨온 새댁 꼴이 말이 아니었다네. 자네 어머니한테 머리채를 잡혀서 헝클어진 채 나한테 왔드만……"

아버지는 집에서 좀 떨어진 곳에 사는 과부와 정분이 나서 며느리로 하여금 매 끼니마다 밥상을 나르게 했다.

평소에는 자신의 아버지 첩 노릇을 뻔뻔하게 하고 있는 이 여자를 경멸한 나머지 그녀의 집을 지나올 때, 일부러 고개를 돌렸다. 그런 첩실이 오늘 무슨 의도로 순임에게 포악을 떨었다는 덕산댁을 고자질해 주는지 속내를 알다가도 모를 일이다.

밥상을 물리고 아내 순임을 살살 구슬려 자초지종을 듣게 되자, 할 말을 잃었다. 어머니 덕산댁이 애꿎게 아내를 괴롭혀도 아내 편을 들자니 팔불출이요. 못난 놈이라고 어른들에게 꾸지람만 들을 게 자명했다. 어머니에게 전후사정을 따져 물을 수가 없다. 더구나 자신이 모르는 사이에 벌어진 일이라 이제와 뭐라고 덕산댁에게 따질 것인가. 그저 철없는 동생 녀석이 쌀을 퍼 날라 돈과 바꿔쓴 일로 곤욕을 치른 아내가 애처롭고 불쌍할 뿐이었다.

순임의 남편은 집안에 머슴이 있어도 조부님과 전답을 도맡아 농사일에 전념하느라 자신은 집안일을 속속들이 알 수가 없었다. 바쁘다는 핑계를 대고 고부간의 갈등을 시시콜콜 알려고 하지 않은 것도 있다. 그렇다고 억울한 수모를 당한 일까지 자신에게 숨기고 지낸, 가엾은 아내를 생각하자 부아가 치밀었다.

순임 남편은 처자식들을 데리고 타지로 떠나는 것을 궁리해 보지 않은 것이 아니다. 하지만 자신은 할아버지로부터 한학을 배운 것 외엔 신식 교육을 받지 못했다. 그러니 도시로 나가 사는 일을 막연히 상상만 해 볼 뿐, 생각을 행동으로 옮긴다는 것은 애시당초 불가능했다. 집안 어른들의 관념은, 장손은 객지 물을 먹어서도 안 되고 많이 배우는 것도 유익할 게 없었다. 어찌하든 고향 선산을 지키며 집안을 일궈야 하는 게 장손의 운명이었다.

순임은 밭일과 함께 늘어나는 식구들의 뒤치다꺼리를 하기에 버거웠다. 4대가 사는 집안이라 가족의 끼니를 챙기다 보면, 정작 자신은 끼니를 거르는 게 부지기수였다. 급한 성미의 어른들의 눈치가 보여 밭으로 내달렸기 때문이다. 이런 상황에서 대문 밖, 여자에게까지 밥상을 날라야 했으니 순임의 애로가 이만저만이 아니었다. 집앞 골목의 경사가 가팔라서 빗물에 미끄러지기도 여러번, 쟁반에 든 반찬을 뒤집어쓰기도 했다. 편히 발 뻗고, 밥 한숟가락을 뜰 여력이 없는 순임은 그 여자에게 들고 갈 쟁반을 없애 버리고 싶었다. 하지만 어디까지나 소심한 생각에 그칠 뿐이었다.

남편의 착한 성품은 자신이 겪는 시집살이에 도움이 되지 않았다. 도리어 장손인 남편의 존재가 남보다 못할 때가 있었다. 자신을 지켜주지 못하는 남편을 떠올리면 순임은 더 서러울 뿐이다. 자신은 막내딸로 친정집에서 사랑을 받고 자랐다. 하지만 여자의 운명은 뒤웅박팔자라더니 참말인가! 시집온 순간 모든 것이 변하고 말았다. 그것은 어디에 하소연할 데가 없는, 막무가내 시집살이였다. 설움이 복받칠 때마다 운명을 탓할 뿐, 누구를 탓할 수도 없는 여자의 현실이었다.

한바탕 집안에 회오리바람이 일었다. 잦아들만 하면 시아버지는 덕산댁의 속을 다시 박박 긁어놓았다. 어느 날, 시아버지는 손자뻘의 아들을 둘이나 낳아 덕산댁과 상의 한 번 없이 호적에 올려 놓았다. 그것도 모자라 전답을 팔아 도시로 살림까지 내주었다는 것이다. 시아버지의 뻔뻔함은 순임이가 생각해도 분이 터졌다. 덕산댁이 울화병으로 쓰러지지 않는 것이 이상할 지경이었다.

자신을 향한 덕산댁의 산발적인 히스테리와 '노루모산'을 끼고 사는 위장병은 순전히 시아버지 때문이었다. 시어머니 덕산댁도 한없이 불쌍한 여자였다. 누구보다 분통 터질 시어머니의 불쌍한 처지를 생각하면 덕산댁이 밉다고 원망을 할 수가 없다. 자신을 모질게 대하는 차가운 덕산댁을 조금은 이해할 수 있을 것 같다.

시조부님과 덕산댁, 순임이 부부가 재산을 늘리는 동안 바깥 활동을 핑계로 외부로 돌아다닌 시아버지 주변에는 항상 여자들이 모여 들었다. 물론 어른으로서 바깥 일을 소홀히 하는 분은 아니었지만 가정에서 만큼은 독불장군인 시아버지 때문에 순임 자신의 아들들보다 어린 두 명의 도련님이 생긴 것이다.

하지만 향교 훈장이나 되는 자신이 자식을 잘못 가르쳤다는 탄식만 할 뿐, 시조부님도 어쩌지는 못했다.

무지하고 무례했던 시절이었다. 대체로 행세한다는 남자가 첩을 둔다거나, 외도를 일삼는다고 해도 큰 허물이 되지 않았다. 도리어 자신이 능력자임을, 남자다운 힘을 과시하는 방편으로 삼기도 했다. 그것은 전통적인 윤리 도덕에 어긋나지 않는다는 자기합리화요. 부끄러운 행위를 정당화하려는 치졸함이다.

어려운 시절을 함께하고, 집안을 건사하느라 고생하는 조강치저가 있음에도 첩실에게 살림을 차려주고 밖에서

낳은 아들들을, 아내 몰래 호적에 버젓이 올리는 파렴치함은 가부장적인 관념의 폭력인 것이다.

그 시절 잘난 남자들이 그랬다지만 눈이 침침해지도록 밤새 길쌈과 바느질을 해서 남편에게 입혀 온 하얀모시 적삼을 갈기갈기 찢어서 불에 태우고 싶었다. 그놈의 잘난 남편의 본새가 문제였다. 여자의 원수는 여자라고 했던가! 인기 많은 남편으로 인하여 부글부글 끓어오르는 감정은 덕산댁이 나이를 먹어도 잦아들지 않아 속병만 늘어날 뿐이다.

미워할 수 없는 덕산댁

순임이 자식들이 무럭무럭 자라가면서 덕산댁의 히스테리가 점차 사그라들었다. 덕산댁은 며느리가 밤낮없이 집안을 건사해 가는 것을 모르지 않았다. 자신에게 모진 시집살이를 당하고도 아무 말 없이 견뎌 준 순임이에게 내심 미안하고 고마울 따름이다. 전답이 늘고 날로 많아지는 농사일에 치여 사는 큰아들 내외 대신 손주들을 돌보고 챙기는 일은 덕산댁이 맡아주기로 하였다. 덕산댁도 알고 보면 본심이 여리고 겁이 많은 사람이었다.

겸면 괴정리 김씨 집안의 세상물정 모르는 무남독녀로 자라서 봉현마을로 시집을 왔지만 매사가 서툴러 유교 가풍의 층층시하에서 호되게 시집살이를 겪었다.

언젠가부터 남편의 관심과 사랑은 문밖의 여자에게 있었다. 세파에 시달린 적 없는 덕산댁도 뻔뻔한 여자들의 뒤치다꺼리까지 해야하는 자신의 처지에 시도 때도 없이 울화가 끓었다. 아무리 남성 본위의 시대라고 해도 말이다. 하지만 남편에게 대들었다, 행여 소박이라도 맞을까 두려워 감히 바가지 긁을 용기는 없었다.

마흔을 넘은 덕산댁 그녀도 여자였다. 두 며느리를 맞이하고도 여자 문제로 속을 썩자, 며느리들 보기도 민망하고 동네 아낙들과 어울려도 기가 살지 않았다. 덕산댁이 느끼는 수치심이 깊어질수록 앙칼진 고양이처럼 변해 갔다. 즐거울 일이 없는 덕산댁은 심신이 지쳤다.

자신의 몸도 허약체질이라 골골하여 일머리를 모르는 순임을 차근차근 가르칠 여유가 없었다. 그러니 친정에서 농촌일을 배워 오지 않았다고 애꿎게 타박만 하기 일쑤였다.

"농촌 여자가 농사일을 모르면 어디다 써 먹는다냐?"

덕산댁은 자신의 감정에 매몰되어 순임을 괴롭히는 못된 시어머니가 되었던 것이다. 이런저런 날들이 변덕스러운 날씨처럼 요동을 치는 가운데 덕산댁의 손주들이 연달아 태어났다. 덕산댁은 안방을 순임에게 내주고 아래채로 내려갔다.

평소 앙칼진 소리를 해대는 덕산댁이 안채를 비워주고 불평 한마디 하지 않는 게 신기한 일이었다. 손주들이 두세 살 터울로 연이어 태어났는데, 어찌나 이쁜지 그까짓 안채를 내준 게 대수롭지 않았다. 덕산댁은 불평 없이 손주들을 키워냈다. 순임은 눈코 뜰 새 없이 일하기 바빴던 터라, 손주들 운동회나 학교에 따라가는 일은 마땅히 덕산댁의 차지였다. 몸은 고되어도 하루 하루 보람되고 재미가 있었다.

자신의 소생 삼남매를 키웠지만 어미로써 자식들 키우는 재미를 모르고 산 세월이었다. 길쌈과 밭일에 지쳐 잠들고, 어른들 돌보는 일이 우선이었던 시절이었다. 삼남매에게 깊은 정을 줄줄 모르고 일만 하고 살았던 것이다.

메마르게 살아온 자신의 품에서 올망졸망한 손주들이 쌔근쌔근 잠들 때면, 덕산댁의 오만근심도 봄눈 녹듯이 사라졌다. 남편의 계절풍 같은 오입질도 첩실의 얄미운 짓도 점점 개의치 않게 되었다. 덕산댁에게는 태산같이 든든한 손주들이 있었다.

장가들어 집 가까이에 살던 덕산댁의 둘째 아들이 고향을 떠났다. 서울로 떠난 둘째 아들 때문에 덕산댁은 한동안 힘이 들었다. 읍내 고등학교까지 마친 둘째는 덕산댁에게 기댈 언덕과 같은 아들이었다.

　　농촌생활이 버겁고 힘들어도 더불어 정을 나누고 살았으면 좋으련만 물려준 전답을 팔아 고향을 떠난 둘째 아들 내외에게 섭섭한 마음이 들었다가도 이내 풀어졌다. 객지에서 제 자식들을 키우느라 허덕허덕 살아갈 것을 생각하면 한편으로 짠한 마음이 들었다.

　　하지만 서울로 제 식구들을 데리고 떠난 뒤로 명절에도 얼굴 볼일이 거의 없다보니 데면데면 손님처럼 되어갔다. 덕산댁은 많은 것을 생각하지 않기로 했다. 자신도 늙었고 이제 남은 일은 손주들 커가는 것을 지켜보면서 사는 것이다. 사는 일이 다 그렇다. 하나가 채워지면 하나가 비워지는…….

　　순임에게는 하나밖에 없는 시동생이 결혼식을 치르고 아랫마을에 살림을 차렸을 때 무척 기뻤다. 그것도 잠시 도란도란 정붙이고 살만한 즈음에 시동생과 동서는 아이들의 장래를 위해 훌쩍 서울로 떠나갔다.

시부모님을 모시고 살아야 하는 장손인 남편과 자신은 꿈도 꿀 수 없는 일이었다. 한편으로는 객지도 마다않고 나은 삶을 살아보겠다고 떠난 시동생이 대단해 보였다. 또 그런 남편만 믿고 서울로 옮겨간 동서의 용기가 부러웠다.

순임이는 식구들이 북적북적 모여 어울려 사는 것이 좋았다. 소박한 밥상을 함께 나누며 서로를 의지해 사는 게 작은 바람이었다. 순임에게는 다른 가족이 없었다. 하지만 일가친척들이 이런저런 이유로 삶의 터전을 도시로 옮겨갔다. 심지어 자식들도 직장을 찾아 하나둘 곁을 떠나갔다.

순임이 고된 삶을 힘써 살아내는 동안 세상은 빠르게 변했다. 순임이가 원했던 대가족의 오붓함은 옛말이 되었다. 며느리와 고부갈등을 겪으며 참고 살던 가족관계도 서서히 해체되어 갔다. 세상이 변했다지만 떠나는 사람들의 뒷모습을 볼 때마다 가슴 한쪽에 구멍이 숭숭 뚫리는 것처럼 휑한 마음을 추스르기가 힘들었다.

이렇듯 우울한 기분에 젖는 날이면, 어슴푸레한 어린 시절 기억까지 겹쳐 깊이 감춰진 아픔이 치받고 올라오는지 제 풀에 더 서럽다.

세월이 흐르자 덕산댁은 며느리 순임에게 정을 붙이고 마음을 기대었다. 세상이 변하고 덕산댁 자신도 늙었다. 집안의 어른이라도 손주들 앞에서 감히 며느리 순임이에게 싫은 기색조차 눈치가 보인다. 더는 어린 순임이 아니었다. 장성해 가는 손주들이 순임이의 든든한 버팀목이었고, 순임이를 지켜주는 거대한 산이 되었다.

오갈 데 없이 고스란히 시집살이를 견뎌낸 순임이다. 이제는 집안의 안주인이 덕산댁에서 예동댁 순임으로 바뀐 것이다. 순임에게도 감회가 서린 세월이다.

어느 하루도 똑같은 일이 일어나거나, 같은 무게의 슬픔이 이어지거나, 며칠씩 이어지는 기쁨은 없었다. 인생은 그런 것이다. 인생은 원래 그런 것이다. 별 것도 없으면서 별 것인, 그게 인생이다.

큰딸 손실이

조부는 엄마 순임에게 너무 인색했다. 순임에게도 자식을 키우려니 돈이 필요했지만 경제권을 내주지 않는 조부 때문에 학교 다니는 자식들에게 뭐 하나 넉넉하게 해 줄 수 없어서 늘 애를 태운 엄마 순임이다.

조부는 살림을 내준 전주의 어린 삼촌들이 자라갈수록 재정지출이 많아졌던지, 엄마 순임이 생활비를 요구하거나 자신들의 학비를 요구하면 버럭 야단부터 쳤다. 손실이가 보건대 억울했다. 밤낮없는 고생은 부모님이 하고 있는데 말이다. 게다가 다짜고짜 소리부터 내지르는 조부 때문에 어디서 큰소리라도 들릴라치면, 깜짝깜짝 놀라는 벌떡증이 생긴 엄마였다.

손실이는 철이 들기 전부터 이런 처지의 엄마가 불쌍해서 견딜 수가 없었다. 그래서 자신이 할 수 있는 모든 일에 손을 걷어붙였다. 몸을 아끼지 않고 엄마 순임이를 도왔다. 상급학교 진학을 고민하는 친구들과 달리 엄마를 도와 땡볕에서의 밭일을 마다하지 않았다. 새참까지 도맡아서 밥과 찬거리를 준비해 날랐다. 손실이는 시집을 가기 전날까지 순임이와 함께했다. 손실이에게는 순전히 불쌍한 엄마 순임이를 돕고 싶은 마음뿐이었다.

밭일을 마치고 돌아온 순임이는 서둘러 팥을 씻어 안쳤다. 그리고 마당에 큰 솥을 걸고 불을 지피자, 손실이 어느새 엄마 곁으로 달려와 밀가루 반죽을 치댄다.

손실이는 누가 시키지 않아도 집안일을 알아서 척척해냈다. 순임이는 그런 손실이가 짠하다. 더구나 한창 멋낼 나이인데도 불구하고, 집안일을 하는 큰딸 손실이를 보면 고마운 마음에 앞서, 미안한 마음이 든다.

"울 딸 솜씨는 아무도 못 따라올 거여."

"에잉, 엄마도. 나는 엄마 뒤꽁무니도 못 따라가요."

"면발 좀 보소. 암만 봐도 최고여."

방망이로 밀어 동글동글하게 면발을 만드는 손실이의

솜씨는 거의 장인에 가까웠다. 살림을 오래한 어른들도 손실이가 만든 손칼국수에 감탄을 아끼지 않는다. 모든 일을 똑부러지게 해내는 손실이는 농촌일에 숙련된 두 세 사람의 몫을 감당했다. 엄마 순임이를 도와 거칠고 고된 일을 하면서도 푸념 한 번 할 줄 모르는 효녀 손실, 아름다운 얼굴만큼이나 마음씨도 고왔다.

석양이라도 맹렬했던 태양의 열기가 식지 않은 더위에 손칼국수 끓이는 수고를 마다하지 않는 순임이는 여름날 농사일이 제아무리 바빠도 손이 많이 가는 팥칼국수를 끓인다. 팥칼국수와 메주콩을 갈아 되직하게 끓이는 남도식 콩칼국수를 만들어 가족을 먹이는 것은 순임이에게 빼놓을 수 없는 즐거움이었다. 더위에 지친 가족의 건강을 챙기는 일이기도 했지만, 많은 식구들이 도란도란 마당에 둘러앉은 모습은 뉘엿뉘엿 여유롭게 몸을 눕히는 석양 해를 닮아서 좋았다.

마당에 멍석을 깔았다. 남자들과 덕산댁은 평상에 자리를 잡고, 아이들은 멍석에 둘러앉아 여름날의 별미인 뜨거운 팥칼국수를 먹는다. 힘들고 고된 농촌생활이지만 오붓한 풍경은 순임이 마음을 뿌듯하게 채워 주었다.

수동댁이 걱정했던 것과는 달리, 막내딸 순임은 청계 봉현마을에서 잘 버텼고 살아냈다. 시집오기 전, 배우지 않아서 아무것도 몰랐던 길쌈에 대하여는 이제 마을에서 누구도 따라올 사람이 없을 정도가 되었다.

"길쌈은 여자에게 징글징글한 멍에"라며, 수동댁이 가르쳐주지 않았었다. 그 덕분에 덕산댁에게서 "지지리도 일 못하는 며느리"라는 핀잔을 들은 순임이는 억척스러울 정도로 어른들 어깨너머로 배웠다. 수동댁의 막내딸은 어느 누구보다 강해졌다.

한 집안의 맏며느리로, 농사일 잘하는 예동댁으로 순임이의 세월은 켜켜이 쌓여 갔고, 어느덧 무상하게 세월이 흘렀다. 집을 꽉 채워 사람의 온기로 흘러넘쳤던 아홉 명의 자식들도 제 짝들을 만나 하나둘, 곁을 떠나갔다. 자식이 장성해 떠나는 것은 허전함이기도 했지만, 큰 보람이었다. 인생의 큰 짐들을 비워내자 모질게 느껴졌던 기억들은 더 이상 아프지 않았다. 위세를 부리던 일들마저 별일이 아닌 것처럼 보이는 것은, 세월이라는 긴 여정을 거쳐오며 쌓은 연륜의 선물인가보다.

다난했던 기억들도 바스락거리는 메마른 낙엽처럼 바스러져 갔다.

"별 것도 아닌 것들이 헝클어진 실타래처럼 사람을 괴롭게 했을꼬!"

어느 날부터인가 대숲의 소리가 들리지 않았다. 어디서 누군가의 마당을 기웃거리며 스르렁대고 있는 것일까? 순임이의 대숲은 더 이상 울지 않았다.

늙은 농부는 꿈꾸지 않는다

순임할머니네 텔레비전은 어스름하게 해가 내려앉는 석양이 되면 어김없이 켜진다. 순임할머니 부부가 잠이 들었다 깨었다 하는 적적한 밤, 두 노인과 동고동락하는 텔레비전은 없어서는 안 될 동무나 다름이 없다.

언제부터인가 텔레비전 채널이 많아졌다. 리모컨을 이 리저리 누르기만 하면 긴 밤, 시골 노인들의 무료함을 달래주는 방송이 많아졌다. 옛 노래도 들려주었다. 하지만 낯선 얼굴의 가수도 많다. 또 연속극은 왜 그리 많은지 허구한 날 불륜과 온갖 소동을 일으키는 패륜적인 막장 드라마에 대고 두 노인은 번갈아가며,

"요새 세상이 말세여, 말세. 저런~ 쯧쯧……"

혀를 차면서도 텔레비전은 끄지 않는다. 지금에야 농사일에서 손을 떼어 별 쓸데가 없지만, 유익한 농사정보도 가끔 알려준다. 뭐니 뭐니 해도 늙은 농부의 무료함을 덜어주니 좋기는 하였다. 밤새도록 지치지도 않고 혼자서도 잘 노는 천하무적 텔레비전이다.

순임할머니 부부는 평생 허리 한번 제때 펴지 못하고 고목처럼 등이 휘도록 농사일을 해왔다. 누군가는 도시에 땅을 사면 부자가 된다고 했지만, 돈을 좀 더 벌겠다고 딴 데 눈을 돌리지 않았다. 오로지 집안 어른들 바람대로 우직스럽게 고향을 지켰다. 분수를 벗어나지 않게 살아온 세월 어느덧, 알토란 부자라는 소리를 듣기도 했으니 이만하면 잘 살아낸 셈이다.

농사지을 땅이 많은 것이 농부의 자랑이듯, 아홉 명의 자식이 순임할머니의 자랑이다. 아들 다섯, 딸 넷, 아홉 남매를 키워냈다. 거기에다 스무 명의 손주들과 여덟 명의 증손주, 열여덟 명의 딸과 아들 부부가 한자리에 모일라치면 이 넓은 집도 모자랄 지경이었다. 순임할머니 부부는 마흔여덟 명이나 되는 대가족을 이뤘다.

자식 부자인 순임할머니에게 무엇보다 고마운 일은 일흔 살의 큰아들 내외를 비롯하여 아홉남매가 결혼해서 알콩달콩 성실하게 살아가고 있는 것이다. 마흔여덟 명의 대가족이라니, 요즘 같은 세상에 얼마나 진귀한 풍경인가! 텔레비전을 벗 삼아 긴 밤을 적적하게 보내는 순임할머니지만, 정작 텔레비전에 나와서 뭇 사람들에게 삶에 대한 잔잔한 이야기를 들려줘야 할 주인공은 순임할머니였다.

　　거대한 일가를 이뤘지만 순임할머니 부부가 일구어 놓은 재산은 아홉남매 뒷바라지에 남아나지는 못했다. 많다고 여겼던 토지는 하나둘, 남의 손에 넘어갔다. 후회는 없다. 인생이란 빈손으로 와서 채웠다가 도로 비워놓고 가는 것이 순리가 아니던가.

　　작은 몸집에도 억척스럽게 농사일을 감당했었지만 이젠 예전과 같지 않다. 오랫동안 순임할아버지의 돌봄이 필요하게 되자, 순임할머니는 이것저것 주변을 정리하기 시작했다. 대대로 백 세 가깝도록 장수해 온 집안 내력을 볼 때 섣부른 생각인지 모르겠다. 하지만 순임은 조상님 만나러 갈 날이 멀지 않았다는 예감이 든다.

어느해 겨울, 뒤뜰 아궁이에서 연기가 나더니 손쓸 틈도 없이 불기둥이 솟구쳐 삽시간에 안채를 홀라당 태우고 말았다. 시어른들이 생존해 계실 때라 예기치 못한 우환에 크게 놀랐다. 그러나 사람이 다치지 않은 것을 다행으로 여기며 순임할머니 부부는 집을 새로 짓기로 했다.

아래채가 있어서 당분간 기거하는 데는 문제가 없었지만 연로하신 어른들을 누추하게 모실 수가 없었다. 시골에 집을 지어도 젊은 자식들이 와서 살 것도 아니라서 큰돈을 들여 집을 짓겠다고 결정하기까지 만만찮았다.

순임할머니 부부와 자식들이 십시일반 보태어 건축을 시작했다. 이때, 넷째 아들네가 선뜻 이천만원이나 되는 큰 목돈을 건네주었다. 얼마나 큰 힘이 되었던지, 그때의 고마운 심정은 이루 말할 수가 없다. 부모를 생각해 보탠 일이었지만 순임할머니 부부는 그 일을 두고, 아들이라도 마음에 빚이 되었던 터라 가진 전답 중에서 좋은 것을 넷째 아들에게 돌려주어 마음의 빚을 덜기로 했다.

요즘은 노인에게 제일 무서운 것이 치매라고 마을회관에 가면 늘상 듣는 말이다. 순임할머니 부부는 그런 말을 들을 때마다 더럭 겁이 났다. 치매가 와서 자식들에게

짐을 지울 일은 없어야 한다는 생각이다. 정신이 맑을 때 자식들에게 손바닥만한 밭뙈기라도 고루 물려주기로 마음을 정하고 둘째 아들 내외와 소상히 상의를 했다. 그동안 집안에 있었던 전후사정 이야기와 아홉 남매에게 어떻게 하는 것이 좋을지 말이다. 내일이 어떻게 될지 모를 긴 세월을 살아냈으니 미리미리 정리해 두는 것이 현명한 일이라고 생각했다.

하지만 쉽지 않은 일이다. 작은 것에 마음이 상하여 자식들의 우애가 상할까 내심 염려가 되었다. 한 뱃속에서 나와도 아롱이다롱이 생각이 다른 게 자식들이다. 부모의 마음을 헤아리지 못한다면 제아무리 공평하게 대해도 서운함이 생길 수 있기 때문이었다.

사람의 말을 허투루 듣지 않는 순임할아버지는 둘째 며느리가 서울로 올라가면서 손실이에 대하여 당부한 말을 잊지 않았다.

"아버님, 객지에서 기댈 가족이 있다는 것은 큰 힘이 됩니다. 손실누님이 이모저모 동생들을 챙겨준 덕분에 잘 지낼 수 있었답니다. 손실누님은 기대조차 하지 않겠지만 큰딸 노릇 애썼다고 다독여 주시면 누님도 기뻐하실 거에요."

서울살이를 하면서 부모를 대신해 여러 모로 동생들을 챙긴 큰딸 손실이에 대한 이야기를 며느리가 들려주었다. 제 큰시누이를 고맙게 여겨주니 순임할아버지 가슴이 뭉클해 온다.

　한 번도 손실이에게 '고맙다'는 말을 해본 적이 없다. 큰아들 큰딸들이 많은 것을 양보하고 집안을 위해 희생하던 시절이었다.

　고생하는 부모를 도와 몇 사람의 몫을 해내던 손실이 시집을 가고, 한동안 큰딸의 빈자리 때문에 순임할머니는 마음의 병이 생길 정도였다. 손실이는 누구보다 순임할머니를 지탱해 준 딸이었다. 그럼에도 불구하고 표현할 줄 몰라서 '미안하다', '고맙다'는 말을 한 적이 없다. 겉으로 내색은 하지 않았지만 손실이에게 할 말이 많았던 순임할머니다.

　때마침 손실이 내려온다는 전화를 받고 부랴부랴 읍내 농협을 찾았다. 순임할아버지 손에는 낡은 손때 묻은 통장이 들려 있었다. 꽃보다 이쁜 아내, 순임이 몫으로 한 푼 두 푼 모아 두었던 아주 오래된 통장이다.

　"할아버지! 겁나게 오래 부었는디, 어디 좋은데 쓰실란갑네요?"

오랫동안 봐 온 상냥한 창구직원은 통장정리를 하면서 아쉬운 듯 인사를 건넸다. 몇푼 되지 않지만 아내 순임이 몫의 통장을 헐자 가슴 한켠이 허전하기는 하다. 하지만 정실이, 조실이에게 하듯 손실이에게도 공평해야 한다는 며느리의 말처럼 오랫동안 마음에 담고 있던 미안한 마음을 대신해 손실이가 받아주었으면 좋겠다.

가지 많은 나무에 바람 잦을 날이 없다고 했던가? 순임할머니에게 제일 아픈 손가락이 마음 여린 선실이다. 세상 풍속이 변하고 가부장적인 남자들도 변해 가는데 선실이 하나를 돌보지 못해 끝내 마음 고생을 시킨 둘째 사위를 생각하면 편히 눈을 감을 수 없을 것 같다.

수년 전, 형편이 어렵다는 말을 듣고 다른 자식들에게 내색하지 않고 밭을 팔아 선실이에게 주었지만 선실이만 생각하면 가슴이 아려왔다. 다행이 외손녀들이 곱게 이쁘게 자라서 선실이에게 든든한 친구처럼 대해 주니 그나마 한시름 놓았다.

순임할머니, 자식들을 생각하면 매사에 미안한 것 뿐인데 사람들은 "예동댁의 복"이라고 말한다. 남들처럼 열심히 살아냈을 뿐, 무슨 복으로 무탈하게 살았는가 싶다.

살아온 날에 대한 생각이 깊어질수록 눈시울이 붉어진다. 지난했던 시절, 어찌 헤쳐 나가야 할지 모른 채 그저 앞만 보고 살아냈다.

이제는 맘 편히 누리면서 살라고 자식들은 말하지만, 순임할머니 부부는 자신들의 안락함을 위한 지출은 생각 해 본 적이 없다. 평생 농부로 살아온 사람에게 땅은 자식과 같은 것이고 목숨과 같은 것이어서 자식들 건사하는 일 외에는, 자신들의 안위를 위해서 땅에 손을 댄 적이 없었다. 밭 한뙈기도 단순히 땅이 아니었다. 순임할머니 부부의 칠십 년 삶이다. 눈물과 애환이 고스란히 녹아 있는 두 노인의 한 평생인 것이다. 작은 것이나마 자식들에게 나눠 주고 나자, 큰 짐을 벗은 듯 홀가분했다.

순임할머니, 감회에 젖어 애잔한 눈빛으로 남편을 바라본다.

"꽃가마 타고 수산리를 넘어오던 게 엊그제 같으요. 그 시절, 울 엄니 덕산댁이 날 많이 괴롭혔는디……"

"그려. 덕산댁이 자네한테 못되게 굴었제. 미안허네. 남편인 내가 못나서 그랬구만."

"아니요. 당신도 고생이 참 많았제라. 그래도 나중에는 엄니가 밉지 않았써라. 나도 시집와서 고생만 했음 억울했을 거신디, 자식 많이 낳고 잘 살라던 덕담대로 살았응께 참 오지요. 인제 더 바랄 것이 뭐 있당가요?"

"자네를 복덩이라고 했제. 아주 오래 전에……"

"……"

'덕산댁 덕분에 안 미치고 살았제라. 친정식구들이 총 맞아 죽었다는디, 넋하게 냅뒀으면 미쳐 불었을 것이요. 호된 시집살이에 정신없이 사느라 견뎌냈지라……'

순임할머니가 속엣말을 했다. 살아서는 결코 뱉지 않았을 이야기다. 너무 무서워서 입 밖에 꺼내 본 적 없는 이야기를.

여든 일곱, 지나온 세월이 주마등처럼 스쳐 지나갔다. 순임할머니가 추억하는 기억은 청계로 시집와 을자동에 대한 것만 남아있을 뿐이다. 단 한 번도 드러낸 적이 없는 그녀의 섬에는 송단리 강례마을이 고스란히 숨어 있었지만 김이장의 이름도 김서기의 이름도 지워졌다. 오직 하얀 행주치마의 수동댁 눈물만 희미하게 기억날 뿐……

소소한 기쁨

칠월 첫날, 뜻밖에 둘째 아들 내외가 내려오겠다는 것이다. 병원에 들러 링거를 맞고 내려온다는 며느리를 위해 순임할머니 부부는 집을 나섰다. 방목해 키운 토종닭을 사기 위해 옆 마을까지 걸음을 마다하지 않았다.

"할머니, 걷기도 힘드신데 여까지 어쩐 일로 오셨대요?"

"울 동장 아들이 온다네."

순임할머니는 '동장아들'이라는 말이 좋았다. 자신이 말해놓고도 빙긋 웃음이 나온다.

"아이쿠, 장한 아들이 오네요잉. 근디 서울 사람들은 요것보다 더 좋은 거 먹고 살아서 별로일 것인디······"

농장 주인은 닭 한두 마리 파는 것보다, 두 노인이 전동차를 끌고 아스팔트를 오가다가 한여름 더위를 먹을까 더 걱정이었다.

"그래, 아들 내외가 온다니까 좋아요?"

"그럼, 좋제. 시방 뭔 낙이 있것는가. 자식들 얼굴 한 번 더 보는 게 재미지제."

순임할아버지는 농장 주인이 잡아서 주겠다는 것을 굳이 산 채로 닭으로 받아들었다.

올여름 더위도 기세등등, 만만찮겠다. 아스팔트에 하얗게 반사된 햇발에 눈이 부셔 실눈을 뜨고 전동차에 오르는 순임할머니를 바라보는 순임할아버지. 아내가 모자를 쓰지 않았더라면 눈을 바로 뜨기 어려웠을 것이다.

"예동댁, 분홍모자가 참 이쁘네."

순임할머니가 모자를 만지작거리며 빙그레 웃었다.

"분홍색이 아니고요. 연보라색 꽃모자인디, 맨날 분홍모자라고 헌다요."

"……"

순임할아버지가 응대를 하지 않는 것은 웃음이 터질 뻔해서다. 함께 살아온 세월이 칠십 년이다. 표정만 봐도 몸짓만 봐도 이심전심 서로 아는 긴 세월이다. 그런데 종종 순임할머니가 앙탈부리듯 내뱉는 말에 쿡, 웃음이 터지고 만다.

초행 첫날밤, 달큰한 순임이 살내음에 정신이 혼미해져 신부를 어떻게 품에 안았는지 모를 지경이었다. 하필 이른 새벽에 잠에서 깰 게 뭐람! 지난밤 달달한 꿈속을 헤매게 만든 신부가 곁에 잠들어 있었다.

순임이 숨소리에 새신랑은 정신이 비몽사몽 홀렸다. 자신도 모르게 손이 순임이 저고리 섶으로 들어가려고 하자, 곤히 잠든 줄 알았던 신부가 토끼눈을 뜨고 누운 자리에서 샐쭉 돌아눕더니,

"한 번만 만져야 헌디, 왜 또 만진대요?"

신랑은 뻘쭘해 얼굴이 벌개지고 말았다. '아니, 자신의 색시를 한 번만 만져야 한다는 법이 있단 말인가?' 억울한 생각이 들었지만 수줍고 민망하여 쌩하니 돌아누운 신부의 등만 쳐다보았다.

'그런 꽃다운 날들이 엊그제 같은데, 어느새……'

순임할아버지, 혼잣말을 흐린다.

집으로 돌아와 순임할머니가 물을 끓여 놓자, 순임할 아버지는 샘에 앉아서 닭을 잡았다. 자식들이 찾아와도 밥 한 끼 챙기는 일마저 버거울 정도로 노쇠해졌지만, 뭐라도 손수 만들어 먹일 수 있는 것이 기뻤다. 손질한 닭을 큰솥에 넣고 헛개나무와 대추 마늘 그리고 버섯까지 골고루 넣고 푹 끓여 놓았다.

얼마 후, 대문을 들어서는 둘째 아들을 본 순간, 순임할 머니의 얼굴에 화색이 돌았다. 옛날 같으면 마당을 맨발로 달려나왔을 순임할머니다. 금쪽같은 아들을 한참 들여다본 뒤에야 며느리가 눈에 들어왔다. 대상포진을 앓느라 된통 고생했다더니 둘째 며느리의 낯빛이 빠끔한 게 짠하다.

아들과 보낸 닷새가 꿈같은 날이었다. 아주 오래전 화천에서 군복무 할 때 딱 한 번 찾아간, 단체면회에서 본 아들의 새까만 얼굴이 지금까지 잊혀지지 않는다. 그런 아들이 이제 귀밑머리가 하얗게 세어 공직을 떠날 때가 되었다고 하니, 섭섭하기도 하고 아쉽기도 하여 마음이 헛헛하다. 은퇴하면 얼굴 한 번 더 볼지는 몰라도 순임할 머니에게는 영원한 '동장아들'이다.

순임할머니와 진달래꽃

땅은 농부에게 거짓말을 하지 않는다. 밤낮없이 부지런히 일했던 순임할머니 부부에게는 보람된 인생이었다. 이제는 농사일을 더하고 싶어도 논밭이 두 부부를 받아주지 않았다. 땅은 두 노인에게 이제 쉴 자리로 내려가라고 일러주듯 말이다. 남은 전답은 이웃에게 도지를 주고, 그 중에 소일거리로 어찌어찌 일궈보려고 작은 밭뙈기를 남겨두었다.

두 노인이 기를 써서 아침저녁으로 내다보며 정성을 다했지만 금세 풀이 무성해지고, 간신히 실해지고 있는 것은 어느새 벌레가 다 차지하고 말았다. 농사일은 보통 사람보다 훨씬 부지런히 일해도 녹록치 않은 일이었다.

마음은 여전히 농부인데 농부 졸업이라니, 서글펐다. 농사를 더 짓겠다는 욕심 때문이 아니다.

"땅들은 우리를 살아 있게 해 줬는데……"

두 노인의 넋두리에서 엿볼 수 있듯이 땅을 일구고 산 것이 한평생 전부였다. 농사일을 더 이상 할 수 없게 된 늙은 농부는 슬프다.

요새 순임할머니 심사도 좋지 않다. 다복하게 아홉 남매를 키웠지만 마음을 의지하고 곁에서 함께해 줄 자식이 없다. 두 노인만 살고 있는 집은 덩그마니 온기를 잃은 지 오래되었다. 그나마 이웃사촌이 낫다고 하던가. 하루 걸러 찾아오는 순임할머니의 노인요양보호사가 본인의 부모님을 돌보듯, 이모저모 살뜰하게 살펴 준 덕분에 순임할머니 부부와 집이 정갈하게 건사되고 있는 것이다.

큰아들 내외에게는 일찌감치 시아버지 생전에 장손의 몫으로 땅을 떼어 주어 객지로 분가해 갔다. 세태가 변하여 4대가 일가를 이루고 살던 시절은 옛말이 되었다. 굳이 장손이 고향을 지켜야 할 유교적인 전통도 사라졌다. 세태가 변했듯, 고약한 시어머니는 되지 않겠다고 다짐을 해보지만 어떻게 해도 며느리에게 좋은 시어머니로 인정받는 것은 어려운 일이었다. 크게 고부 갈등없이 산 것 외에는 별 다를 것도 없었다.

자신이 자식들을 키울 때와 달리, 손주들은 자라가는 데 농촌은 미래가 없는 곳으로 변했다. 영농후계자라는 타이틀도 큰아들 내외에게 희망이 되어 주지 못했다. 결국 장손도 현실을 좇아 고향을 떠나야만 했다.

큰아들네가 분가하자, 묘한 단절감으로 한동안 안절부절 아무 일도 손에 잡히지 않았다. 그러나 그것도 잠시, 세월이 약이었다. 순임할머니 부부는 변하고 있는 가족의 해체를 받아들이기는 어려웠지만 자식들을 위해서라면, 뭐든 순응하려고 안간힘을 썼다. 옛날에 비하면 먹고 사는 것도 나아지고 풍요로워졌는데 사람답게 살기는 더욱 어려워졌다. 예법도 변했다. 먹을 게 변변찮던 배고픈 시절에도 부모와 자식 사이가 요즘 같지 않았다. 한데 지금은 부모와 자식 간에 금전적인 일로 낯을 붉히고 전통적 가족관계에 익숙한 부모세대와 자녀세대가 불화하는 뉴스를 접하면 장수하는 것이 복이 아니라, 되레 오래 사는 것이 부끄러운 일이요. 민망하기까지 하다.

순임할머니 부부는 서로 비스듬히 기대어 앉아 객지의 자식들에게 보내 줄 옥수수를 다듬는다. 이제는 자신들이 농사를 지은 먹거리를 챙겨 줄 수가 없다. 그나마 옆집이 수확한 찰옥수수를 부탁해서 갓 따온 것을 받아 놓았던 터라, 부지런히 옥수수수염을 다듬는다. 한시라도 빨리 자식들에게 옥수수를 보내 주고 싶은 마음이 앞선다.

　"옥수수는 따자마자 삶아 먹는 것이 제일 맛있제."

　"암만 그렇지요."

　순임할아버지의 무뎌진 손에서 옥수수 잎은 벗겨지기를 거부하기라도 하듯, 자꾸 헛손질이다. 조금이라도 옥수수를 깨끗이 다듬어 보내려고 손질을 계속한다.

　"도시에서는 쓰레기를 버리는 것도 다 돈이라제?"

　"그런께요. 옛날에는 거름을 만들기도 했었는디요."

　단정하게 다듬어진 옥수수는 날이 밝자마자, 택배로 부쳐 줄 생각을 하니 없던 힘이 솟는다.

　여름에 다녀간 둘째 아들이 한국을 떠나 외국에 있다는 소리를 듣고부터 순임할머니 마음에 부쩍 쓸쓸함이 찾아들었다.

　'……그래서 지난 번 다녀갔더란가?'

162
잃어버린 계절

혼잣말을 하는 순임할머니. 평소에 비가 좀 많이 내려도 걱정, 조금만 더워도 걱정, 눈비가 많이 내린다는 예보만 들어도 걱정이 태산이던 순임할머니는 둘째 아들이 머나먼 나라에 가 있다고 하니 과연 아들 얼굴을 볼 수가 있을지, 차라리 바람결에 들은 소문이었으면…… 무심하려고 해도 둘째 아들 얼굴이 자꾸 눈앞에 어른거린다.

"머나먼 객지에서 뭔 일이라도 나면 어쩔라고……"

하루에도 몇 번씩 입버릇처럼 되뇌기를 며칠째다.

"아이구, 내 새끼."

한 번씩 숨이 가빠왔다.

순임할머니, 힘겹게 숨을 들이키며 모로 돌아누웠다.

'거기는 맨날 폭탄을 던져서 많이들 죽는다고 하드만 아이쿠 내 새끼들……'

순임할아버지는 흘끔 아내를 돌아보았다.

조금 전까지 텔레비전을 보며,

"아이구, 울 아들보다 못나다. 울 자식들이 최고여."

추임새를 넣던 아내 순임이 졸고 있다.

오늘따라 아내의 등이 부쩍 야위어 보인다.

'초저녁, 옥수수 다듬는다고 괜한 힘을 썼는가……'

여느 날보다 일찍 졸음이 오는가 보다.

귀향

진달래가 지천이다
어쩜 저리도
비단치마 두른 듯 하늘하늘 고울까나.
여리디 여린 진달래 꽃잎이 하늘로
하늘로 흩날렸다.
참말로 이쁘다.
시집오던 날도 저리 이뻤지.

산허리춤을 분홍빛으로 물들인 진달래들이
한 잎…… 두 잎……
날아올라 순임이 가슴팍에 안겼다.

곱디고운 열여덟 순임이 뽀얀 볼에
보드라운 꽃잎이 차곡차곡 쌓여간다.
이내 순임이 진달래꽃이 되었다.

잊은 줄 알았던 아버지, 하얀 모시두루마기 자락을
펄럭이며 손짓을 하고 있다.
"아가, 이리 온. 내 이쁜 막내딸."
아…… 부……지……
보고 싶었어요. 왜 인제 오셨대요.
얼마나 오래 기다렸는데요.
보세요.
제 가슴에는 더 이상 숨 쉴 자리가 없어요.
눈물이 가득 찼어요.
너무 무섭고 외로웠어요.
통명산자락은 짙푸른 초록물 들어 넘실거리는데
순임이 곁에는
분홍진달래꽃이 하늘하늘 날아오른다.
발그레한 미소를 머금은 어여쁜 순임이
그녀의 분홍 옥사치마저고리가
나풀나풀 푸르디푸른 하늘로 날아오르고 있다.

스르렁~ 스르렁~

텔레비전이 저 혼자 내는 소리인가?

깜빡 졸던 순임할아버지, 서늘하게 울부짖는

대숲 소리를 들었다.

정신이 번쩍 들어 잠든 아내를 돌아보았다.

"어이!"

"예동댁, 예동댁!"

"어이쿠……"

"예동댁……"

삐뽀~삐뽀……

삐뽀~삐뽀…….

살아봐야 아는 것들은 너무 뒤에 온다

늦가을 바람에 휘청대는 마른 나뭇잎처럼
늙고 굽어버린 마른 등 뒤로 사라져 버린 푸른 세월.
그분들도 한때는 찬란한 봄날의 꿈을 꾸었다.
한때는 빛나는 야망을 가졌던, 날것의 청춘이었다.

하지만……

어린 자식들을 품고 끝 간 데 없이 깊고 어두운
인생의 골짜기를 지날 때
엄몰하는 두려움으로 떨기도 했다.
길이 보이지 않는 길에서 홀로 서 있기도 했다.

어찌 순한 바람만 지났으랴!
어찌 꽃길만 만났으랴!

가슴을 에는 슬픔과 아픔은 가슴에 묻었다.
부모라는 이름 때문에
어딘가 얼굴을 파묻고 펑펑 울고 싶어도 울 수 없었다.

가파른 삶의 언덕을
숨가쁘게 달려온 날들은 내가 아니면 안 되는
자식들을 위함이었다.

견디고 또 견뎌냈다.

어느덧 사계절 어느 끝에 다다랐다.
하얗게 쇠어버린 성긴 머리카락의 어머니와 아버지.
그분들도 기대어 울 어깨가 필요하다.

강한 척, 괜찮은 척,
두려움을 감추고 있을
그분들의 마음을 보듬어 줄 차례가 되었다.

잃어버린 계절

ⓒ 安미쁜아기 2020

초판 인쇄 2020년 02월 25일
초판 발행 2020년 03월 02일

글쓴이 안미쁜아기
펴낸이 안미쁜아기
펴낸곳 동행출판

등록번호 제2016-000063호
출판등록 2016년 4월 22일
주소 13633 성남시 분당구 미금일로57
대표전화 031)-711-4312   팩스 0504)-336-9494
EMAIL donghang.book@gmail.com
ISBN 979-11-89945-01-5 (03800)

* 책의 파본은 본사나 구입 서점에서 교환하여 드립니다.

이 도서의 국립중앙도서관 출판예정 도서목록(CIP)은 서지정보유통지원시스템
홈페이지(http://seoji.nl.go.kr)와 국가자료종합목록 구축시스템(http://kolis-net.
nl.go.kr)에서 이용하실 수 있습니다. (CIP제어번호 : CIP2019046050)